いや、操縦してると
それなりに中が揺れるんだよね。
で、胸も揺れて微妙につらいので、
こう、ぴっちりと固定して
なるべく揺れないようにですね？
（本文P．67-68より）

というわけで第1回クラン名決定会議ー！

「それで、クラン名はどうします？」

「うーん、どうしましょう？」

「私はなんでもいいよー」

うん、アリサさんは変わらないね。

でも流石《さすが》になにか考えようよ。

（本文P．151より）

ぐはっ！ 敵襲!?
ノルンはどうしたの!?
そうしてジタバタしていると、
聞き覚えのある声が。
「レンちゃ、
見つけた」
（本文P．219より）

5
あし
Illustration カオミン
よくわからないけれど異世界に転生していたようです

CONTENTS

挿絵：カオミン
デザイン：浜崎正隆（浜デ）

133　閑話　ある冒険者の回顧録

「いやー、今日もいい冒険日和《びより》だねー」

「そうですね。まあ馬車移動の真っ最中でまったく冒険してませんけど」

「レンさーん、そういう野暮な事は言いっこなしだよー」

何とも気の抜けた会話が繰り広げられている。とはいえ、これもいつもの事だ。

限りなく揺れの少ない快適な馬車による長距離移動。平均的な冒険者の移動方法としてはまずありえない手段だ。そもそもパーティー単位で馬車を持っている冒険者というものはそこまで多くないし、仮に馬車を所持しているとしても普通はクラン規模の大人数の徒党、しかもクランの拠点持ちというのが一般的になる。だというのに私達はたった3人のパーティーで馬車を所有し、それに乗って移動しているのだ。

……というか、この馬車も実際はパーティーの所有資産ではなく、仲間の1人の個人資産だったりする。まあ、それがそもそもおかしい話なんだけど。

「リリー、何難しい顔してるのー？」

「……別に、大した事じゃないよ」

仲間の1人で幼馴染《おさななじ》みのアリサが話しかけてきたけど、適当にあしらった。

……そう、別に大した事じゃない。とても有能な仲間と知り合えた幸運と、その規格外さを目の当たりにするたびに色んな意味で悩まされるようになった最近の事を思い出して、ちょっと頭痛がしてきただけ。

私の名前はリリー、リリー・アルムフェルト。

アルムフェルト準男爵家の次女で、爵位を継ぐ立場でもないために家を出て冒険者稼業に精を出している。現在14歳。……ちなみにもう数ヵ月後には15歳になる。

「リリーさん、大丈夫ですか？　何か飲みます？」

「いえ、大丈夫ですよ」

心配そうな顔でこちらに声を掛けてきたこの年下の少女、名前はレン。私の最近の悩みの種の原因である。いや、その美少女っぷりは見ているだけで癒やされるし、冒険者としての有能ぶりは文字どおり破格なんだけど……いや、破格過ぎて反応に困るというべきか。

そう、彼女のやる事為す事全て想定の上というか斜め上というか、反応に困る事ばかりで頻繁に思考停止する羽目になるのだ。お陰で疲れるのだ、精神的に、とても。

……どうしてこんな事になってしまったんだろう？

そんな詮無い事を考え、また思考が遠くへと飛んでいく……。

彼女に初めて会ったのはハルーラの街でウェイトレスの仕事をしていた時の事だった。

が、その前に私が何故ウェイトレスの仕事をしていたのか、という理由を説明しようと思う。

駆け出しの冒険者がウェイトレス……宿屋の食堂の給仕の仕事をするというのは、普通であれば薬草等の採取や魔物を狩ったり等で食い扶持が稼げない場合にやっている事が多い。年齢、体格、戦闘技能、装備。理由は様々だが結論は同じ、魔物退治は普通は難しいのである。

でも私の場合はちょっと違っていて、姉の仕事に便乗して家を出たのが理由だったりする。

前述したとおり、私は準男爵家の次女で爵位を継ぐ立場ではない。それは姉も同様で、我が家の場合は跡取りは年の離れた弟という事になっていた。

貴族にせよ商家にせよ別に跡取りが女性ではいけないというわけではないが、それでも男性、特に長男の方が有利という場合が多い。騎士の家などは特にそうで、幼馴染みのアリサも似たような境遇だった。

そういった事情から、私はアリサと一緒に12歳になった頃から冒険者として活動をして小銭を稼いでいた。

私の家は代々宮廷魔導師として出仕している家の一つで、その稼ぎの大半は魔道具の作成や修理、ポーションの売買などによるものだ。一族は誰でも多少は錬金術を齧《かじ》っているのだけれど、私はああいうちまちました作業が肌に合わず、それこそ修行の最初の段階から逃げ出したために両親も匙《さじ》を投げてしまい、私に錬金術を教える事を諦めてしまっていた。

錬金術の腕がよければ食うに困らなくなるというのはわかっていたけれど、当時の私はまだまだ子供で考えも浅く、それを抜きにしても性格的にも身体を動かしている方が性に合っていた。

そこで両親は、私には魔法の方を重点的に教えてくれるようになった。

冒険者稼業から大出世して王宮に出仕するようになった伯母に頭を下げ、私の魔法を見てくれるように頼んでくれたりもした。

お陰で冒険者を始めてからは魔物退治ではそこまで困る事もなく、順調に成果を上げる事ができた。

そうして大した挫折もなく、同時期の駆け出し冒険者達の中では頭一つか二つほど抜きんでて結果を出し続けた私は、やっぱり錬金術なんて覚えなくても大丈夫だったじゃん！　などと考えていたものだった。

……今になって思えばやはり子供の浅知恵であったと後悔していたりもする。今度実家に帰ったら父さんに頭を下げて教えてもらおうかな……。

レンさんを見てると思うんだけど、やっぱり凄い便利なんだよね、錬金術って。

……いや、レンさんって錬金術は覚えてないって言ってたっけ？　でも明らかに錬金術を使ってるというか、ポーション作ってるし、強力な魔法の武具も作ってるし……やっぱりレンさんって普通の人じゃなくて、アレなのかな……？

……うん、これ以上考えるのはやめよう。変な詮索して嫌われたくないし、本人が言ってこないんだから言いたくないって事だろう。それにもし本当にレンさんがアレだったとしたら黙ってる事も理解できるし。

……大分話が逸れた気がする。

まあ、そんな感じで成果を上げ続けた私達は13歳になるのと同時にDランクに昇格した。この頃には私達は2人とももう完全に天狗《てんぐ》になっていて、アリサと2人で『目指せ最速でAランク！』なんて馬鹿な目標を掲げたりしていたものだった。

でも現実はそんなに甘いものじゃなく、ある時大物狙いで少し遠出をしたところ、オークの上位種であるオークウォーリアーが率いる小規模の群れに遭遇してしまい、ほうほうの体《てい》で逃げ出す羽目になった。伸びた天狗の鼻はあっさりと折られてしまったのだ。

実際のところ、自分達には才能はあったんだろう。でもそれは未熟さを覆せるような、それこそ英雄達が持っているような特別なものではなかったのだ。

アリサと2人、危うく死にかけるところだった経験から自分達の才覚の程度と未熟さを自覚し、それからは無理無茶無謀は控え、慎重に行動するようになった。

……かつて冒険者として大成し、筆頭宮廷魔導師にまで上り詰めた伯母に、痛い目を見ても生きて帰ってこられた運も、反省して自重するようになったところも、その後の慎重さも、大成するためには必要な才能の一つだ、と言われた時には釈然としないものを感じたものだけど。

そんな挫折を味わってしばらく経ったある日、姉のサレナが家を出ると言い出した。理由は単純に就職したからだ。姉は冒険者ギルドの幹部候補として採用されたのだ。ギルド側からの打診だったらしい。

姉も元々冒険者として活動していて、その実力も確かでなおかつ読み書き計算もできて人当たりも良く、ギルドからの評価も非常に高かった。ちなみに姉はソロで活動していて、あちこちのパーティーにヘルプで入ったりして人助けもしてたらしく、その点も評価されたらしい。

姉の実力は15歳になる頃にはもうCランク昇格試験を受けられるほどで、私はそんな姉に憧れて冒険者を始めたところもあった。私の姉は凄いんです!

そんな姉はCランクへの昇格試験を受けようと受付に行った際にギルドマスターから打診され、その場でギルド職員として就職する事に決めたらしい。そして就職したのを契機に家を出る事にした、という話だった。

そもそも姉が冒険者として活動している時も実家を拠点にしていたのは、単に両親が過保護だったからだったりする。冒険者になった当初、Dランクになったらすぐに家を出るつもりだった姉に両親が家を使うように泣き付いたのが原因だ。当然私の時も泣き付かれた。我が親ながら、なんというか……。

うん、愛されてるという事に不満を言うつもりはないんだけど、流石《さすが》にあれはちょっとないなーって思うんだよね。

でも姉はそんな両親への対策として、王都から離れた、立地的には重要だけど冒険者達には人気があまりなくて、そのために人手不足になっている街への出向を受けてきたのだった。

「むー」

「そんなにむくれないの。リリーももう立派に一人前の冒険者なんだから」

家を出るために荷物をまとめている姉に対してぶちぶちと愚痴る。姉に憧れて冒険者になった私は自分がちょっとシスコンだという自覚がある。有り体に言って寂しいのだ。

「別に家を出なくてもいいんじゃない？　その出向だって断る事はできるんでしょ？」

「それはそうだけど、でも人手が足りなくて本当に困ってるって話だしね。採用されて早々に仕事を選ぶのもちょっとね」

「だからって誰も知ってる人がいない所に行かなくても……」

「知り合いが誰もいないってわけじゃないわよ？　その街のギルドマスターってウォーゼルさんだから」

「え？　ウォーゼルさんって伯母さんの仲間だったウォーゼルさん？　『鉄壁のウォーゼル』って呼ばれてた？」

「うん、そのウォーゼルさん」

「……あの人、面倒な事したくないって楽隠居してたんじゃなかった？」

「何年か前に伯母さんとグスタフさんに無理やり引っ張り出されたみたいよ？　2人も王都のギルマスに泣きつかれて仕方なく、って話だったみたい」

あの人達、一体なにをやってるんだか……。

巡り巡ってこっちにまで影響が来るとか、本当に迷惑！　ちなみにグスタフさんというのはアリサの叔父にあたる人で、これまた伯母の冒険者仲間だった人だったりする。

……でもあれこれと理由を挙げているけど、多分姉も実際はそんな事とは関係なしに家を出たいだけだろう。姉が家を出たい本当の理由は、母さんが煩《うるさ》いからだ。

そう、母さんは最近妙に見合い話を持ってこようとするのだ。早く孫の顔が見たいとかなんとか？

でもそれは姉にとってありがた迷惑というか、単純に迷惑なだけだろう。何故なら姉は、その……女性が好きな人だから。

うん、なんていうか私の姉は、そういう人なのだ。可愛い女の子が好きで愛《め》でたいという人なのである。

そして、そんな姉の影響を受けた私もちょっとそういう傾向があったりなかったり……。

いや、近所の男連中っていい歳になっても馬鹿な事を言ったりやったりしている未だに悪ガキみたいなのばっかりで、恋愛対象としてはまったく見られないというかなんというか。

私が冒険者を始める時に一緒にやらないかって声を掛けたら、ああでもないこうでもないって言い訳ばっかりして拒否して、でも私とアリサがそれなりに結果を出し始めたら『お前達でもやれるんだから自分達には楽勝だ！』なんて言って無謀な事やって痛い目を見て、挙げ句に私達に『一緒に組んでやってもいい、お前達だけじゃ心配だから俺達が守ってやる！』だとか寝言を言ってきたり……うん、ないわ。ああもう！　思い出したら腹が立ってきた！

とにかく、そういった理由で姉は早く家を出たいのだろう。ちなみにそんな恋愛的指向をしっかりと家族には隠していた。

……姉、結構ガチめにそういう人っぽいんだよね……。

何年か前に姉の友達が遊びに来た時、姉の部屋で『そういう事』をしてるの見ちゃったし。いや、覗《のぞ》くつもりはなかったんだよ！　不可抗力だから！　遊びに来てたアリサが姉に聞きたい事があるって突撃しようとしたせいだから！　大丈夫、変な雰囲気に気付いてちゃんと踏み留《とど》まったから！　それに本格的な事はしてなかったから！

……ちなみにそれを目撃してから『そういう事』に興味が湧いてしまって、アリサと『そういう事』の真似事をしたりしたのはちょっとした黒歴史だったりする。魔物退治の後、クールダウンのためにもうちょっと先の事の真似事とかもしてみたり……うん、もうこの話はやめよう。

そうして結局私は、姉に付いて一緒に家を出る事にした。ついでにというか当然というか、アリサも一緒だ。

私が家を出る理由は色々あるけど、姉と離れるのが寂しいというのもあるし、冒険者としても環境を変えてみたくなったというのもある。後は母から姉へ行っていたお見合い攻勢が私に来る前に逃げ出す事にしたというのもある。アリサはもっと単純で、私が行くなら仲間として一緒に行くのは当然、という理由だ。

そうして私は姉と一緒に家を出た。当然両親には泣き付かれたけど、そこは強硬突破した。

姉には呆《あき》れられたけど、私達が一緒に付いていく事に関しては特に反対もされなかった。代わりに姉の出向先での同居と、そこでの家事全般というか、主に食事当番を多めにやる事を条件に出されたけど。

……姉さん、料理だけは致命的に駄目だからね。それ以外はなんでもそつなく熟《こな》すのに、本当に料理だけは駄目駄目なんだよね……。唯一の救いは自分のその欠点を自覚しているという点くらいだろう。お陰で自分がやるなんて変に主張してくる事もないし、むしろ辞退してくるくらいだ。そういう意味ではやはり姉は優秀だった。とはいうけど、それ以外にもやはり私の保護者として同居する、という理由もあるのも理解はしていた。私はまだ未成年だったし。

さて、下手に準備に時間を掛けるとまた両親の引き留め工作が始まるかもしれないという事で、準備もそこそこに家を出て目的地へと移動開始。

私とアリサが冒険者を始めた当初、しばらくの間は姉が一緒に色々教えてくれていたんだけど、その時のように移動しながら冒険者として一緒に小さな依頼を受けたりできるかな？　成長した姿を見せたいな！　なんて考えていたりもしたけど……そんな希望は打ち砕かれ、道中は乗合馬車での移動になった。安全面を考えればそっちの方がいいというのはわかってはいるけれど、それでも当時は残念に感じたものだ。

そんなこんなで一月《ひとつき》半という長い馬車旅の後、姉の出向先であるハルーラへと到着。数日の宿屋暮らしの後にギルドマスターの紹介で治安のいい立地の借家を借り、そちらへと居を移す。ちなみにアリサも同居だ。

それから更に数日掛けて生活に必要なものを買い揃《そろ》え、ある程度の生活基盤を整えると姉は早々に仕事に出かけていった。

そして私達はというと、こちらも当然仕事だ。まあ、冒険者稼業である。

ここハルーラの街は立地的には物流の要所になっていて、しかも周辺には良い採集地が多いものの、少し無理をすれば東か南西のどちらかの領都まで行けるという事で強い冒険者はあまり多くないという微妙な街となっているという事だった。

周囲の採集地はかなり濃いという話だったがその情報に偽りはなく、薬草を採取するには困らなかった。そして採集地が濃いという事は、少し森の奥の方に行けば魔物の相手にも困らないという事でもある。私達が積み重ねてきた経験からすれば、ここでの冒険者活動はまったく食うには困らないだけの収入を得る事ができた。

そんな風に無難に魔物や魔獣を狩ったり、様々な薬草を採取をしたりと、普通に一般的な冒険者っぽく過ごしていく。

……そうして一月ほど経った頃にふと、これじゃ王都にいた頃と何も変わりがないのでは？　という考えが頭をよぎった。

そもそも姉に付いてここまできた理由の一つに『環境を変えたい』というものがあった。でもそれはただ活動する場所を変えただけでいいのだろうか？　それはちょっと違うような気もする。なんならまったく違う事をしてみるのもいいんじゃないだろうか？

そんな特に深く考えているわけでもない、唐突な思い付きの提案をアリサにしてみた。

「そうだねー、リリーが別の事をやりたいっていうなら、私は別に構わないよー」

「いいの？　でもそうなるとアリサは1人で動く事になるけど……」

「えー、何言ってるのー？　私もリリーに付き合うよー」

「本当にいいの？」

「いいよー、別に冒険者だけが人生じゃないしねー。取り敢えず何かいい仕事がないかサレナさんに相談してみようよー」

昔からアリサは付き合いがよかったというか私に色々付き合ってくれてたけど……でもやっぱり

こういう時に一緒に付き合ってくれる友達がいるっていうのは、安心感が違うよね。恥ずかしいからわざわざ口に出して伝えたりはしないけど、アリサにはいつも感謝してる。

そしてアリサの言うとおりにその日の夜、姉に相談してみる事にした。

「……なるほど。それは確かにいい経験になるかもね。でも変な仕事をさせるわけにもいかないし……私の方でいい仕事がないか探してみるから、ちょっと待ってて」

その場ではそう言って話を切り上げた姉は翌日、宿屋の給仕の求人の話を持って帰ってきた。なんでもギルマスであるウォーゼルさんの紹介らしい。

姉が相談したところ、信頼できる筋の仕事という事で提案してくれたという話だった。腐れ縁の伯母の親類ではあるけど知らない仲でもないし、小さい頃を知ってる私達に変な仕事をしてもらいたくないという遠戚のおじさんみたいな心境だと、変な顔で言っていたそうだ。よくわからないけれど、そういうものらしい。

ちなみにその宿屋というのはこの街で一番大きい宿屋で、貴族も泊まるランクのホテルだった。

この街は立地の割には微妙と云《い》われてはいるものの、それでも物流の要所という事は交通の要所という事でもあり、遠方から遠方へ移動する貴族や平民の富裕層の逗留《とうりゅう》が何気に多いらしい。

となるとそこで働く従業員も教育が行き届いてないと何かと問題が起きかねないという事で、ある程度の教養が必須という事だった。つまり準貴族であるアルムフェルト準男爵家とハミルトン準男爵家の令嬢（笑）であるところの私達は教養もあり、その条件に当てはまるという事らしい。

まあ実際は人格に問題ない人を雇い入れて教育を施したりしているらしいんだけど、その教育期間やらなんやらで即戦力が欲しいという話なのだそうで。とはいえ求人自体は給仕、つまりは宿屋の食堂でのウェイトレス。案内やら貴族への対応はしっかり教育された従業員がするようになっているんだけど、部屋ではなく食堂で食事を摂る方々もそれなりにいるらしく、そういう場合の対応ができる給仕が人手不足なんだとかなんとか……？

……なるほど、それは新しい視点を得る経験になるかもしれない。一も二もなくその求人を受ける事にした。

ウォーゼルさんの縁故という事でほぼ採用は決まったようなものだとは言われたものの、形ばかりの面接と研修期間を経て採用となった。やはりどんな仕事でも縁故は強い。

私とアリサは面接の際にオーナーにかなり気に入られたらしく、お給金はかなり弾んでもらえた。オーナーはとても感じのいい人で、困った事があればすぐに言うようにとも言ってくれた。ついでに休日には冒険者活動をする事も認めてもらえたのは地味にありがたかった。流石にたまには冒険者として身体を動かしていないと勘が鈍ってしまう。そのお礼というわけではないけど、食用になる魔物の素材などをホテルに卸したりする事もあった。

同僚の従業員の人達はみんな優しくて性格も面倒見も良く、とても働きやすい職場だった。唯一難点を挙げるとすれば、それはホテルの料理長の性格が悪くて面倒くさいという事くらいだろう。腕はそれなりに確かなんだけど王都から都落ちしてきたとかで変に拗《こじ》らせていて色々と面倒くさい人だった。気に入らない事があるとすぐに『クビにするぞ！』なんて言うような横暴なところがある人だったけど、実際は彼にそんな権限はないので新人や見習い以外は適当に聞き流していた。

初めての接客業は色々と大変だったけど、高級宿という事で露骨に変な客というのはそうそういないし、充実した日々を過ごしていった。

夜は仕事から帰ってきた姉と晩ご飯を食べながらギルドで見聞きした情報（ただし私達が聞いても問題ないような内容）を教えてもらったり、私達が今日どんな事をしたのかを報告がてら聞いてもらったり……。変なお客様の事や料理長の横暴について愚痴ったり、逆に変な冒険者の話を聞いたり。

……そうして過ごしていたある日、運命に出会った。

そう、あの出会いはまさしく運命とでもいうべきものだった。今でもそう思っている。

ある日の夜、仕事から帰ってきた姉が妙なテンションで語りだした。

「リリー聞いて！　今日ね、凄く可愛い子が登録に来たの！　もう本当に可愛くて、でもそれだけじゃないの！　ギルマスに聞いたんだけど、１人でオーク６匹をあっという間に倒しちゃうくらい強いんだって！　しかも従魔まで連れてるのよ！　可愛くて強いなんて、もう本当に凄いわよね！」

おおう……我が姉は一体どうしてしまったのか。

余りの勢いにドン引きして逆に冷静になってしまった。いつも落ち着いた雰囲気しか知らなかったのに、こんな様子の姉を見るのは初めてだ。

ええと、つまりは凄く可愛くて強い新人冒険者が現れて、それが姉の凄い好みのタイプの娘だったっていう話だろうか。このハイテンションを見てると姉の将来が心配になってくる……。

でもそんな強い新人の冒険者なんて、今のウェイトレスをやっている私では知り会う機会もないだろうな、なんて考えていた。まあそんな考えは、すぐにひっくり返されたんだけど。

変なテンションの姉に圧倒された翌日の夜、ホテルの食堂で凄く可愛い娘に遭遇した。後で知る事になった彼女の名は『レン』。後に冒険者として一緒にパーティーを組む事になる少女。

最初に食堂で見かけた時は凄く可愛い子がいるな、くらいにしか思ってなかった。だけどその子に呼ばれてナイフを持ってくるように頼まれて、そうしてナイフを持っていくと目の前でパンと腸詰めを組み合わせて別の料理にしてしまった。

ああ、なるほど。そうすれば食べやすくなるな、と感心し、料理に関する事だし一応料理長に報告しておこうかな、と伝えに行った。今思えばこれは完全な悪手だった。何故こんな馬鹿な事をしてしまったのか、未だに後悔し続けている。

そう、これが原因で料理長と宿泊客である彼女、レンさんの関係が拗れる事になってしまったのだ。

料理長はレンさんの簡易料理を真似て翌日の朝食として提供した。そしてそれが予想以上に好評を得た。得てしまった。でもそれが良くなかった。

その日の夜、レンさんが料理をしたいので厨房《ちゅうぼう》を貸して欲しいと言ってきた。そうして私と料理長の前で作られる見た事もない新しい料理。料理長の目の色が変わっていた。

その事を伝えようと彼女の後を追いかけたものの、なんと伝えればいいのかわからずに立ちすくんでいるとその料理を食べてみるかと声を掛けられ……気付くとまた厨房を貸すという話になっていた。

　そして翌日にはまた料理長がやらかした。彼女の料理を真似たものを出したのだ。私はというと料理長に無理やり協力させられて、その模倣料理の調理の手伝いをさせられた。そうして出来上がったのは出来損ないの料理だったけど、手伝いを拒否してオーナーに相談すればよかったと後悔しかない。

　ちなみにその出来損ないの模倣料理は宿泊客達から大絶賛だった。そして、やめればいいのに料理長はこの料理は自分が考えたものだと言い出した。これは流石にオーナーに報告した。

　その後の顚末《てんまつ》は思い出したくもないので割愛する。強いて言うならレンさんもやり返した、とだけ言っておこう。

　そうしてなんだかんだとレンさんに色々食べさせてもらって、アリサの事も紹介して、家に帰ると姉とレンさんの話で盛り上がって、そうこうしていると宿を引き払って遠方に旅立ってしまって……。まあ一月ちょっとで帰ってきたんだけど。

　でもしばらくするとレンさんはまた旅に出ると言ってきた。この頃にはもう、この出会いを逃してしまってはいけないと、そう強く思うようになっていた。

　そして彼女に同道しての王都への一時帰省と別れ。ハルーラへの帰還後、給仕の仕事をしながら色々と考えた。そうして出た結論。

「ねえアリサ。やっぱり私、冒険者でいいかなって考えたんだけど」

「奇遇だねー、私もそう考えてたー」

「やっぱり？　それで私、新しく仲間を入れたいなって思ってるんだけど」

「奇遇だねー、私も同じ事考えてたー」

うん、つまりはそういう事だった。私達は2人とも同じ事を考えていたのだ。

そうしてその後も色々とあったけれど、私達は無事に新たな仲間を加えて冒険者として活動を再開する事となった。

でもそれがこうも頭の痛い思いをする日々になろうとは、この時の私はまだ考えていなかったのだ。

いや、本当にどうしてこうなった⁉

１３４　次の拠点でぶらぶらだらだら

さて野営地から出発し、３日ほど東に進んだ所の村にちょっと滞在してみたりしたわけですが、ぶっちゃけ色々ありえなさ過ぎてさっさと次の集落を目指して移動する事にしました。

いや、なんていうか……こういう大都市から少し離れたあたりの村落とかだとたまに良くあるらしいんだけど、冒険者への軽視というか蔑視というか、そういうのがありまして……。

そういう農村だと、冒険者というのは自分の家の三男以下が追い出された後になる底辺職業という見方が強いらしくて、たまたま立ち寄った冒険者なんかは何故か理不尽に見下されるらしいんだよね。

自分の村が出したゴブリン駆除の依頼を受けた冒険者に対してもそういう態度を取るっていうんだから、正直あり得ない。

その冒険者がゴブリン駆除してくれなかったらお前ら死ぬんやで？　そんな事もわからんの？とは思うんだけど、どうやら彼らにはわからないらしい。

結果、依頼を受けた冒険者が不快な思いをしながらも依頼を達成して、元々の拠点であるギルド支部がある街に帰った後にそういう扱いを受けた旨を報告し、やがてその事が広まってその村の依頼は誰も受けなくなる、という事がたまにあるらしいんだよね。今回私達が立ち寄った村はどうやらそういう村だったみたい？

何せ、依頼達成後に報酬を値切ったりとか普通にするらしいからね、こういう村って。で、私達が今回不愉快になったのは、たまたま立ち寄っただけなのに何故か依頼を受けた冒険者だと思われて、『さっさとゴブリンを倒して来い、役立たずどもが！』とか頭ごなしに言われたり、違うとわかった後も『何で依頼を受けないんだ！　お前らなんて俺達が依頼を出さなけりゃ金も稼げない底辺だろうが！　身の程を知れ！』って言われたのが原因でして。

流れ次第では討伐依頼とか受けるのもいいかもね、なんて話し合ってたところでそれなので、ホント、落胆が酷くて……まあ、半日どころか1時間も滞在せずに移動する事にしましたよ。

なんでもこの村、ゴブリン被害がとても酷いらしくて……このままだと村そのものが立ち行かなくなり、離散しないといけないかもしれない、とか何とか言ってたけど、そんな事知ったこっちゃねえわ。勝手に離散でも何でもしてろってーの。

とはいえ冒険者蔑視は、こういった排他的な村落ばかりではなく大都市でも稀《まれ》にあるんだけど、ここまでというのはそうそうなかったりするらしい。

でもこういう連中に限って、サーガとか吟遊詩人の歌とかで語られる勇者とか英雄的な冒険者は認めてたりするんだよね、何故か。だというのにそれらが目の前にいると何故考えないのか。いや、別に私は勇者でも英雄でもないけど。

「酷い村でしたね……」

「ああいう所ばかりじゃないんですけどね」

「あそこまで酷い所はそうそうないよー」

「んー……」

「次はもう少し大きい所にしましょうか」

「そうですね」


というわけでそこから更に数日、ダラダラと東に進んで大きな川を越え、少し進んでから南下していくつかの村を通り過ぎ、村というよりは町、という感じの集落に滞在する事になった。規模的に街というよりは町。街のように街壁はないけど、村よりも柵や塀がしっかりしてるし空堀もあったりして、集落内にも宿屋や鍛冶屋もあって、更に冒険者ギルドの支部もあったりする。

ちなみにギルド支部とか出張所は村落規模だとない方が普通。たまにある所もあるけど、そういう所は少数派だったりする。

なお、東に進んでから南下というルートは、王都に来る時とは違うルートを進んでみよう、という行き当たりばったりな方針によるものだったりする。いや、同じ所をまた見ても仕方ないというか、意味がないとは言わないけど折角の旅だし？　とまあ、そんな適当な理由だったりするんだけどね。

町に到着してまずは宿探し。この町には宿が3軒あって、そのうちの一つは食堂兼酒場が併設されていて2階が宿なので夜は騒がしそうな所。残り2軒のうち1軒は安宿風、最後の1軒が一番しっかりした造りだったので、当然最後の1軒に決定した。ちなみに宿代はそこが一番お高い模様。まあ、馬車ごと預けられる厩《うまや》付きの宿が最後の所と酒場併設の所しかなかったので、実質選択肢はないに等しかったんだけど。

宿を取った後は早速散策。ちなみにノルンはお留守番。ごめん。

この町はこのあたりの街道沿いでは人の行き来が多いらしく、旅人や商人、冒険者風の人を結構見かけた。

ふむー、大分栄えてるみたいだし、しばらくここを拠点に冒険者稼業に精を出すのもいいかも？町の中でご飯が食べられる所は宿屋併設の食堂兼酒場か、他に食堂というか軽食屋のような店がぽちぽち。後は露店で野菜やジャンクフードっぽいものを販売してるおじさん・おばさん、少年・青年がちらほら。

野菜売りの露店のおばさんから買い物しつつ、美味しい食事処について尋ねたところ、案の定というか予想どおりと言うか、宿屋併設の所は味は悪くないが柄が悪い、とか何とか。

長期滞在の冒険者は安宿の方か、酒場併設の宿に泊まるのが常らしく、騒がしかったりトラブルがあったりと割と問題があるらしい……残念だけどあそこに食べに行くのはなしだね。

一応この町で一番美味しい食事処は別の食堂だという話だったので、基本的にご飯はそちらで摂る方向になりそう？　宿で厨房《ちゅうぼう》でも借りられたら自炊もありなんだけど、また何か揉《も》めるのも嫌だし……悩ましい。

話に聞いた美味しい食堂とやらで遅めの昼食を摂った後は早速冒険者ギルドを覗《のぞ》く事にし、ぶらぶらと徒歩で移動。

「結構美味しい店でしたね」

「そうですか？　私的にはレンさんのご飯に慣れてしまってるので、それなりかなあ、と思いましたけど？」

「同じくー」

「いや、スープとかは野菜がたくさん入ってて食べ応えもありましたし、美味しかったと思いますけど？　あれだけ色々入ってると栄養的にも身体にいいでしょうし」

「あー、それは確かにー」

「む、アリサの裏切り者！」

他にも、メインの角兎《つのうさぎ》肉のソテーは素朴な味わいだったけど美味しかったし、なによりパンが驚きの白パンだったりしたのだ！　堅い黒パンと違って柔らかくて食べやすかったので女の子には嬉《うれ》しいポイント。まあ、私の自作の酵母使ったものには劣るんだけどね。そこは仕方ない。

でも冒険者向けかというと、微妙なところかなあ……黒パンはしっかり嚙《か》む事で満足感が得られるし、日頃から食べなれてないと遠征の時とか大変そう？　どちらかというとたまのお祝いとか、ちょっと豪華な外食といった時用のお店っぽい気がする。ちゃんと需要あるのかな？　採算取れるんだろうか……？

と、ぐだぐだと駄弁《だべ》りながら歩いているうちに冒険者ギルドに到着。なお、こちらも酒場併設だった。うーん、兼用酒場多くない……？　だけどこの町って専門の酒場がないみたいだし、需要はあるのかな？　でもそれでギルドで依頼受けづらくなったら微妙な気もする。需要があるなら新たに酒場を開いた方がいいような気も……ああ、もしかして騒ぎになった時の対応に問題が出るのかな。他の冒険者を抑止力として見込んで、とか？　ギルドなら職員も戦闘力もありそうだし？　まあどうでもいいや。別にここで商売を始めるわけでもないし。

ベルも連れてギルドの建屋に入ると昼間から酒を飲んでる人や早めに切り上げて帰ってきたと思《おぼ》しきパーティー、報酬の分配をしてる様子のパーティーなどがちらほら。そしてそんな人達からの視線が一瞬私達に集まり、すぐ霧散する。見慣れない冒険者が来たならありきたりの反応ともいえるのかな？　視線に緊張？　別にしないよ、不躾《ぶしつけ》な視線にはもう慣れた。

気を取り直して依頼票の貼ってある掲示板を見る事にする。

「……微妙ですね」

「昼も大分過ぎてますからね」

残っているのは常設依頼でお約束の『ゴブリンの討伐』、次に『特定の場所を根城にしているゴブリンの討伐』が数件、『コボルトの集落の討伐』が1件、『特定の薬草採取』が若干数……うーん、地味だ。強いて言うなら『森の奥の泉に棲《す》みついた魔物の討伐』というのが気になるところだけど、そもそもの話として討伐系はどうなんだろう？　一応私達はパーティーじゃなくてクランだから、適当に薬草採取もしつつ一緒に行動してれば討伐系も特に問題はない、という話らしいけど。

「どうします？」

「明日の朝一に再確認でいいんじゃないー？　今からだと時間も微妙だしー」

「うーん、今の時間とはいえこのラインナップだと、明日の朝来ても似たような感じか、あっても狼《おおかみ》系とかオークとか熊とか、そのあたりじゃない？　オークはいけるけど、熊の毛皮は難しいって、アリサ前に言ってなかったっけ？　実際前に受けて、私の魔法も効き目薄くて本当にギリギリだったでしょ？」

「あー、そこは多分平気ー、この剣ならよゆーよゆー」

「ああ、そういえばアリサはレンさんの剣が……それに私も指輪あるから、あの時とは全然違うのか……うーん」

あ、そっか。私が贈った装備で底上げされてるから、受けられる討伐系依頼も範囲が広がるのか……でもそうなると私も魔導甲冑《かっちゅう》を実際に実戦運用してみたいし、私の年齢制限も問題ないのであれば普通に討伐系を受ける方向でいいのか。ふむー……。

「なら、とりあえず明日の朝一で、という事で？」

「そうですね、それでいいと思います」

「でもそうなると、今から自由時間では、かなり時間があまるんですが……」

「……どうしましょう？」

「私はなんでもいいよー」

アリサさん、最近考える事放棄してるよね……いや、別にいいけど。

「なら、依頼とは別に町の周辺の散策でもしませんか？　ついでに良さそうなものがあれば採取もする感じで」

「ああ、いいんじゃないですか？」

「よーし、じゃあ早速出発しよー！」

アリサさん……いや、いいんだけど！　いいんだけどさあ！　もうちょっと、こう……！


なんだかんだと町の入り口まで移動。明日以降の依頼のために周辺地形の確認だと伝えたところ、入り口の門番の人は快く送り出してくれた。町の外に出ると外周を反時計回りでぐるりと移動。時計回りに進むと畑が広がってるので、消去法で探索するのはこっち側になるのだ。

この空堀、水を入れた方がいいのでは……うーん、でも塀とあわせると結構な高さになるし、防衛力は高い？　むむむう。

んー、こっち側は特に森を切り開いてるわけでもなし、普通に深そうな森が広がってるなあ……そりゃ魔物も棲みつくし、駆除に依頼を出さないと駄目なわけだ。

そこから更にしばらく進んでいくと、森の奥の方になんだか見覚えのある懐かしげな木、というか……竹じゃん、あれ！　要確認！　ダッシュだ！

急に走り出した私を追いかけてリリーさん達もあわてて付いてくる。が、そんな事よりも竹だよ！　竹！　筍《たけのこ》！

「……間違いない、竹だ」

【鑑定】したところ、これは孟宗竹《もうそうちく》か。筍が美味しいヤツだ。四方竹《しほうちく》も嫌いじゃないけど、一緒に生えたりはしてないか……残念。別途探さねば。

しかしこんな所で竹を見つけられるとは……！　これだけでもこの町に来た意味があったというものだよ！　ひゃっほう！

というわけで早速回収である。地下茎ごと纏《まと》めて、地面丸ごとストレージに収納である。それなりの面積を回収し、ホクホク。それでも竹林はまだまだかなりの面積が残ったままだ。筍は朝早くに取りに来ないといけないので今は回収しない。とはいえ今は4月だし、まさに筍の旬。絶対採りに来る！　絶対にだ！

「やっと追いついた……って、何してるんですか？」

「いえ、ちょっと探していたものが見つかったので」

「……この抉《えぐ》られた地面、何したんです？」

「ちょっと地面ごと回収しました」

抉れたままは流石《さすが》にまずいか、土魔法で自然に見えるように形成しておこう。あとついでに筍が生えそうな所も目星を付けておこうか。あんまり意味ないけど。ほら、【探知】を使えば一発だから。

「……まだなにか探してるんですか？」

「ええ、まあ。美味しいものが生えるので、明日の早朝に採りに来ようかと」

「早朝？　今じゃ駄目なんですか？」

「朝じゃないと味が落ちるんですよ」

「……なるほど。じゃあその時は私も頑張らないとですね」

「美味しいご飯……私も頑張るよー」

お？　手伝ってくれるの？　まあ美味しいご飯目当てなんだろうけど、労働力ゲットだぜ！


その後、晩ご飯を済ませて宿に戻り、宿の人に竹について聞いてみたところ、いくつかの事が判明した。

まず、あの竹はどうやら昔々に蓬萊人《ほうらいじん》らしい剣士がやって来た事があって、その時に植林したものらしい。そして、この町では特に竹を使った工芸品や実用品等もなく、更に筍も食べたりはしていないとの事だった。勿体《もったい》ない……。

とはいえ、また変に目を付けられても嫌なので特に何か情報を開示したり料理したりはしない。でも料理に関しては少々思いついた事があるので、明日にでもちょっと確認してみる事にしようかな。

さて、ちょっと早いけどもう寝ましょうかね。明日は早起きして筍採りに行って、その後は依頼を受けに行かないといけないから、忙しいしね！

135　美味しいご飯のための労働は全てに優先する……！

翌朝、というかまだ大分薄暗いくらいの時間に起床。超早起きである。そう、筍《たけのこ》掘りなのである。

リリーさんとアリサさんは……うん、寝てる。何度か声を掛けて揺すったりもしてみたけれど、起きる気配もない。起こすのも面倒だし1人で行こうかな。いや、ノルン達は連れて行くけど。それにいざとなれば出来立てほやほやの魔導甲冑《かっちゅう》もあるし。

2人を起こさないように【ストレージ】操作でさくっと早着替え。外套《がいとう》を身に着けマフラーも巻いて不審者の一丁上がり！　あ、眼鏡眼鏡。

部屋から出て1階に下りると既に宿の人が起きていた。というか不寝番の人がカウンターに座ってた。

軽く頭を下げて宿を出ると裏手の厩《うまや》に向かい、ノルンとベルを回収したら真っ直ぐ町の入り口へ。まあ、入り口っていうか、一応門だけどね。詰め所も併設されてるし、門枠もあるし門扉もあるし。

朝早いなんてレベルじゃない時間なので門番の人も驚いてたけど、特に揉《も》める事もなく通しても らえたので、ノルンに跨《また》がって竹林へ高速移動。私は早く筍を掘らねばならぬのだ！

そんなこんなで、あっという間に竹林に到着したのであった！　起きてから30分経ってないあたり我ながらどうかと思うけど、美味しいものは全てに優先するので仕方ない。

で、昨日目星を付けてたあたりに【探知】。うん、あるわあるわ。竹は成長が早いのでたくさん採っても構わないという自分勝手で乱暴な屁理屈《へりくつ》の下、今食べ頃なサイズのモノを9割ほど【ストレージ】で回収。食欲は正義なのだ。

さて、後は実際に自分の手で掘るとしますかね……いや、【ストレージ】での回収は量を確保するためのものだから、実労働はちゃんとやるよ？　今世では初体験だし、何事も経験はしておいて損はないからね。それにもしかすると後から2人が手伝いに来るかもしれないし。

という事で自作の鍬《くわ》を取り出す。えーっと……あ、あった。大きく振りかぶってー、ザクッとな！　1本ゲット！　はい次！　えー……あれか。はい、ザクッと。

5本ほど掘り当てたあたりで予想どおりにリリーさんとアリサさんが走ってきた。2人とも遅いよー？

「レンさん、何で起こしてくれなかったんですか!?」

「ひどいよー」

えー？　私、結構ちゃんと起こしたよ？　2～3回くらいだけど。

「ちゃんと声を掛けましたよ。でも起きなかったので、已《や》むなしです。筍掘りは時間との勝負なので」

「うぅ、そう言われると……」

「リリー、そんな事よりどうやるのかを早く教えてもらわないとー」

「あ、そうだね！　レンさん！　どうすればいいのか教えてください！」

まあ、私が言った事だけど時間との勝負だしね……２人ともやる気満々なので気を取り直して筍の見つけ方から掘り起こし方までを教えて、２人に鍬を渡した。頑張れー。

さて、２人が筍を掘ってる間に私はちょっと朝ご飯の準備でもしようかな。

まず作るのは、筍の刺身。新鮮だからできる食べ方だね。まあ大した手間じゃないんだけど。

まずお湯を沸かし、次に採れたての筍を１本取り出しまして、皮を剝きます。べりべりーっと。

次に、可食部分の柔らかい所を薄くスライス。

で、このスライスした切り身をそのまま食べる。とはいってもこのまま食べ続けると数枚でえぐみが気になりだすので、一部を取り分けて残りは食べやすいように5分ほど茹《ゆ》でてから水でしめる。これで終わり。

ここで食べるのはこの１本分だけ。残りはいずれ灰汁《あく》抜きして別の料理に使おう。でもまあ今は灰汁抜きする時間もないので、それはいずれ時間がある時に。そもそも、まずは料理できる場所を確保しないと無理。

おっと、わさび醬油《じょうゆ》も用意しておかないとね。わさびは転落事故の後に引き籠もってた森の川の上流の方に生えてたので問題なし。当然大量に確保済み、抜かりはないのだ。でもってゴリゴリと磨《す》り下《お》ろす。そして醬油。

後は……んー、酢味噌《すみそ》でも作っておこうかな？　酢と味噌とからしを１：１：１で混ぜ混ぜ、完成。他は……まあ、とりあえずはこれだけでいいか、面倒だし。

んで、次は主食の準備。うーん、折角の筍だし和食系でいいかな。お米は既に炊いてあるのが【ストレージ】に入ってるので、それを取り出しておにぎりをにぎにぎ。網を使って焼きを入れて出汁《だし》醤油をぺたぺた塗って更に焼いてー、と。

汁物は……うーん、適当にお味噌汁でいいか。具材は自作豆腐と長葱《ながねぎ》あたりで。

んー……流石《さすが》に筍の刺身は主菜には物足りないから、追加で出汁巻き卵でも焼こうか。じゅーじゅーっと。

うん、まあ……こんなところかな。

と、2人を呼ぼうと振り返ったら既に待機済みでした。いや、せめて声を掛けるとかですね……？　まあいいけど。

2人の足元には筍がひー、ふー、みーの……6つ？　【ストレージ】に収納して、はい、お疲れ様でした。

「じゃあ朝ご飯にしましょうか」

「はい！　ご飯！」

「わーい、おいしそー！」

というわけで早速筍の刺身を1枚、わさび醤油でパクリ。しゃくしゃく……うん、いい香り。食感も好き。

「なんですかこの食感……官能的……」

「淡白な味だけど香りもいいねー」

「こっちは、お味噌の……ソースですか？」

「ちょっと手を加えてあります」

「んんん！　こっちも合いますね！」

うむ、なかなか好評のご様子。さて、次はおにぎりにおかずといきますか。

「これは、オムレツ？」

「リリー！　違う！　これはまったく違う別の何かだよ⁉　なにこれ！　凄い！　美味しい！」

「え、ちょっとアリサ？　そんなに？」

「凄い！　私これ好き！　好きー！」

おお……そういえば2人に出汁巻き卵を出したのは初めてだったっけ？　うんまあ、我ながら美味しいとは思うけど、ここまでの反応は予想してなかったなあ。

「え⁉　なにこれ！　オムレツじゃない⁉　え、美味しい⁉」

「こっちのお米も美味しいよー！　お米がこんなに美味しかったなんて……私、世界が開けた感じがするー！」

ふむー、醤油焼きおにぎりも好評、と。まあ私的には食味が微妙なんだけど……んー、一体何が違うんだろう？　品種？　なんとかお米を育ててる水田を見てみたいなあ……違いが知りたい。いや、こればっかりはねえ？　日本人だもの。

出汁巻き卵、おにぎり、合間に筍の刺身&味噌汁。当然味噌汁も好評で、あっという間に完食。

うん、気持ちいいくらいの食べっぷり&蕩《とろ》け顔。これが見たかった！

「……朝から、こんな……」

「駄目だよー、これはぁー……」

うむぅ、少々効き過ぎたか。これは和食はちょっと控えた方が良さそうかな……？　それはそうと2人とも、早く正気に戻ってちょーだいな？

結局2人の回復待ちというかお腹がこなれるまで休んでいるうちに、ギルドに行くのにいい時間になってしまったのであった。むう。


正気に戻った2人を連れて町まで戻り、そのまま真っ直ぐ冒険者ギルドへ向かう。ノルンとベルも連れて中に入って、掲示板の所へ……と思ったら想像以上に盛況で、掲示板の前まで行けそうもない。この町の冒険者ってこんなにいたの？　ちょっと多くない？

むむむ、このまま待ってても埒《らち》が明かないしノルンに突っ込んでもらおうか？　どうする？

「……別に進んで難しい依頼を受けたいというわけでもありませんし、もう少し落ち着くまで待ちましょうか」

「そうですね……」

うんまあ、そうなるよね。リリーさん達は2人とも既にDランクだけど、私は未だにEランク。無理をする意味がない。

依頼票を取り、受付へ持って行こうと振り返った冒険者達がノルンに驚いて、私達に気を取られながらおっかなびっくり依頼を受けて出て行く様子を眺める事、30分。ようやく掲示板の前が空いた。

……うん、昨日の昼過ぎに来た時とあんまり変わんないね。どうしよっか、これ。

「……とりあえず、私は討伐を受けるのが一応初めてなので、基本という事でゴブリンからいきましょうか」

「……そうですね」

「私はなんでもいいよー」

アリサさん……いや、いいよ。貴女《あなた》は変わらずそのままの貴女でいて。

何はともあれ、初討伐依頼である。なので、基本というかお約束というか、ゴブリンである。いや、今までもなし崩しでとか、已むなく現場判断で参加したりはしたけどね？　きちんとギルドを通して討伐依頼を受けるのは初めてって事で、ひとつ。

さて、再びの町の外。お仕事である。

といっても常設依頼のゴブリン退治なので、内容は大雑把。とにかくたくさん倒してくればいい。一応目撃情報なんかは開示されてるので、その情報に従って森の奥へとひたすら進む。とにかく進む。そして小一時間ほど進んだあたりで小休止。まあ、私はノルンに乗ってたから別に疲れてないけどね。そこ、ずるいとか言わない。騎乗可能な従魔を従えたテイマーの特権だよ、これは。

「そろそろ遭遇してもいい頃ですけど、レンさんはどうします？」

「そうですね……じゃあ、鎧《よろい》を出しましょうか」

「……あれ、使うんですか？」

「改良するためにも実戦稼動して運用データを取りたいので、使いたいです」

「うーん……確かにあれを使えばレンさんの守りは鉄壁ですけど……」

「リリー、このあたりには多分私達しかいないから平気だよー」

うん、そうなんだ。私とノルンの【探知】にも【気配探知】にも他の冒険者の反応はないんだ。むしろ既にちらほらと魔物の反応があるんだよ。目撃される危険はないし、むしろ早急に乗り込まないと私の危険が危ない。何も言わないでも私の態度でそのあたりを察してくれるアリサさんマジ有能。

ちらりと私の様子を窺《うかが》うリリーさんに、一つ頷《うなず》く。これでリリーさんにも通じるでしょ。

「……なるほど、じゃあレンさんはあの鎧に乗ってもらって……そうですね、斥候としての能力はノルンさんが一番高いでしょうから、ゴブリンがいる方向へ先導してもらう、という感じでいきましょうか」

「接敵した場合はどうしますか？」

「ノルンさんには下がってもらって、ベルちゃんと交代。前衛は訓練どおりにアリサとベルちゃん。私は中衛で前衛のフォローをします。基本的に様子を見ながら【強化魔法】でバフ系の援護をしつつ、状況次第で攻撃魔法で攻撃。レンさんとノルンさんはバックアップというか切り札で。まあ、ゴブリン相手にレンさん達が出る事はまずないと思いますが、数が多い場合はどうなるかわからないので」

「いいですね、ではそれでいきましょう。アリサさんは何か意見ありますか？」

「ないよー。私達は基本的にリリーが作戦立案担当だったから、任せて問題ないと思うー」

……なるほど、これがアリサさんが思考を放棄している理由か。でも言われた作戦どおりどころか、それ以上に動けるのは純粋に凄いんだよな、アリサさん。むしろ戦闘中は凄く頭使ってる節もあるし、この担当分けは無理に弄《いじ》らない方がいいのかも……。

「一応アリサも気になる事がある時や意見がある時はちゃんと言ってきますから、そんな顔しないでください」

「……今後は、私も参謀的な役回りをした方が良さそうですね」

「お願いできますか？　私１人だと多面的に見るには限界がありますから……」

というか、そのうち作戦立案は私の担当になりそうな予感がする……そしてその都度呆《あき》れられたりする光景が目に浮かぶ。

いや、いいけどね？

136　筍《たけのこ》を食べた後にゴブリンを叩《たた》き潰《つぶ》すだけの簡単なお仕事

とまあ、そんなわけで只今《ただいま》大絶賛ゴブリンとの戦闘中であります。

小休憩の後、魔導甲冑《かっちゅう》に乗り込み、警戒しながらのしのしと森の奥へ進んで行く事30分。早くもゴブリンの群れと遭遇し、そのまま戦闘に突入したのだ。

といっても当初の予定どおりというかなんというか、戦闘配置が最後衛の私は魔導甲冑に乗ってただ突っ立ってるだけだったりするわけですが。

うーん、楽というか暇というか……いや、一応戦場が見渡せる一番後ろにいる私は、場合によっては『石弾《ストーンバレット》』で援護射撃というか、フォローする事にはなってるんだけどねえ？　でもなんというか……うん。私、要《い》らなくね？

いやもう、なんというか……アリサさんが凄い。リリーさんの【強化魔法】でバフが掛かってるのもあるとは思うんだけど、とにかく速い。後ろから見てても、正直速過ぎて何やってるのかわからない時が……一応【鷹《たか》の目】で視力強化してるはずなんだけどなあ。

というかそもそも、動きがおかしい。文字どおりに飛ぶような勢いで縦横無尽に駆け巡って、ゴブリンの首を刎《は》ねる刎ねる。面白いようにぽんぽん飛ぶゴブリンの生首。

そんな感じで、遭遇から5分と掛からずに10匹のゴブリンをあっという間に殲滅《せんめつ》完了してしまったのでしたとさ。

「……リリーさん、アリサさんってこんなに強かったんですか？　訓練の時はもう少し人間っぽい動きをしてたような気がするんですが」

「あー……それは、なんといいますか……」

うん、はっきりいって動きが人間離れしてる。約1年前はもっと普通に人間の延長上というか、年齢からするとかなりの使い手っぽい感じではあったけど、それでも歳相応というか……。

「私が凄いんじゃなくて、レンさんに貰《もら》った剣のお陰だよー？」

「私の作った剣ですか？」

「そうだよー？　この剣のスキル、【加速】だっけー？　あれ、凄いよー！」

あー、そういえばなんだかかなりインチキ臭い効果のスキルを付けたっけ。というか、アレを使いこなすとあんな感じに動けるようになるの？　マジで？　でもあれ、あんまり燃費がいいスキルではなかったと思うんだけど。

詳しく話を聞いてみると、どうにも動きの要所要所で体の一部に瞬間的にスキルを発動させる事によって燃費の悪さ対策をしているとの事。あの飛ぶような動きも空中で【加速】を使い姿勢制御してるとか何とか……ごめん、正直何を言ってるのかわからない。

「あの訓練期間があってよかったよー。お陰でここまで使えるようになったからねー……っと、あぶない」

と、話してる最中に目の前からアリサさんが消えた。文字どおり消えた。そして私の斜め後ろで『ガキン』となにやら金属音。

振り返ってみると剣を振りぬいたアリサさんの姿が。若干の間を置いて少し離れた所に矢が落ちた、と思ったらベルが走り出して草むらに飛び込んでいった。

「向こうから増援だねー。ゴブリンの癖に隠密《おんみつ》系スキル持ちかな、生意気ー。ベルちゃん任せにしたら悪いから、ちょっと行って来るよー」

え、奇襲された？　ちょっとおしゃべりに夢中になり過ぎてたか……反省反省。いくら魔導甲冑に乗ってて防御が万全とはいえ、その安心感から警戒心薄くなっちゃったら、これに乗ってない時に慣れでやらかしてしまうかもしれない。気を付けないと。そう、私はちゃんと学習しているのだ！

……じゃなくて、なに今の⁉　いくらなんでも速過ぎない⁉

しかし、うん。あの剣を作った私が言うのもなんだけど、まさかここまで反則じみた性能になるとは思わなかった。もしかしてやらかした……？

後から聞いた話によると、矢を切り払った時は、風斬り音が聞こえた瞬間に思考と動体視力を加速、それと同時に走り出す動作の初動から加速して、抜刀しながら一気に切り払った、らしい。意味がわからない。いや、そういう感じの事ができるよ、とは言っておいたけど……剣の性能がどうとかよりも、こんなに早く剣の能力をここまで使いこなしてるアリサさんが怖いわ。

「あれってリリーさんのバフが掛かった上での動きですか？」

「一応は。バフ抜きなら多分レンさんには見えたんじゃないかなーと思います、多分。【鷹の目】持ってますよね？」

「持ってますけど……今、ＬＶ８ですよ？　それで見えないって、ちょっと意味わからないんですが」

そもそも、仮に視認できる速度だったとしてもゴブリン相手にはオーバーキルだよね？

「リリーさん、私達必要なくありません？」

「……」

無言でそっと目を逸らすリリーさん。返事をしてよリリー！

「終わったよー」

はやっ！　もう終わったの⁉

「５匹しかいなかったしねー。次行こうよ、次ー」

そう言いながら剣を振って血を払うアリサさん。っていうか、その動きも辛うじて見える程度なんですが、どういう事なの？

アリサさん、怖っ。怒らせないようにしよう……。

倒したゴブリンの処理をその場でするのは面倒なので、私の【ストレージ】に丸ごと死体を収納して、魔石だけ仕分け。

討伐系の依頼の討伐確認はギルドの窓口で魔石を提出し、専用の魔道具を通す事でするらしいので、魔石の回収は必須なのだ。そういった事情もあって魔石破壊で魔物を倒すのは推奨されない。使い道もたくさんあるしね。

ちなみに確認が済んだ魔石は魔道具を通した時に特別な処理がされているらしく、再提出した時にはチェック済みとわかるとの事。繰り返し提出するといった不正はできないらしい。なるほどなー。

などと考え事をしてる間にも次のゴブリンに遭遇。今度は20匹ほどの群れ。この森、ちょっとゴブリンが多過ぎやしませんかねえ……？

まあいいや、さっさと駆逐しちゃおう。

「うーん、もうアリサさん１人でいいんじゃないかな」

操縦席で独り言を言ってしまうくらいには暇。

援護射撃の必要性もないくらいにアリサさん無双だし。いや、ベルもがんばってはいるけどね。アリサさんの後ろを守ってるのはベルだしね。

リリーさんは……たまに抜けてきたゴブリン相手に水魔法で攻撃したりしてるね。というかリリーさんの魔法も威力と精度が凄いなあ……あれ、でももしかしてアレって私があげた指輪の効果だったりする？　……もしかしなくてもこっちでもやらかしてる？　……もういいや、２人に怪我されるよりはいい。開き直ってしまおう、仲間の安全の方が大事だし。

なお、ノルンは暇を持て余してどこかに行ってしまった。いや、本当のところは、強力な魔物がいないか周辺警戒に行っただけだけどね。とはいえ町の東側のこの森のあたりは本当にゴブリンやコボルトくらいしかいないらしい。ちなみに東の方は狼《おおかみ》や猪《いのしし》、鹿といった動物系の魔獣やオークもいるとの事。

何でそんな事知ってるのかって？　そりゃあ冒険者ギルドに周辺の魔物分布図と目撃情報が貼ってあるからだよ。職員に確認すれば過去の情報も教えてもらえるので、慣れてくるとそれらの情報から現在の生息地点や次の移動先の予想を立てたりもできるようになるらしい。

ガン！　コン！

お？　なんだ？

ぼーっと考え事をしていたら金属を叩くような音が。機体を動かして視界を下げると、ゴブリンが１匹、棍棒《こんぼう》で魔導甲冑の脚を殴りつけていた。

続いてそっちが殴るのとは別のタイミングで金属音。こちらは少し離れた所からの投石の模様。

ううむ、本気で警戒心が緩くなってる、しっかりしよう。暴漢達に襲われた事を思い出せ！

……さて、なにはともあれゴブリン２匹か。よし、ここは私自らお相手しようではないか！

とはいうものの今現在いるこの場所は森の奥。魔導甲冑でも歩ける程度には拓《ひら》けてるとはいえ、周辺は木々が乱立してるために長柄のハルバードを振り回すには少々手狭だ。

いやまあ、木を薙《な》ぎ倒しながら振り回してもいいんだけど、派手に伐採するのも気が引けるわけで。

となると次の攻撃手段は盾で殴りつけるシールドバッシュ。『石弾《ストーンバレット》』？　いやいや、折角魔導甲冑《コレ》に乗ってるんだし、色々試してみたいじゃない？

などと考えてる間にもゴブリンの攻撃は続いている。いや、全然効いてないんだけどね……文字どおりにかすり傷一つ付いてない。付与マシマシですからね！　って、いい加減攻撃するか。

攻撃しようと機体を少し動かしたところでゴブリンが警戒して少し後ろに下がった。うん、丁度いい間合いだわ。一歩踏み込み、勢いよく盾を叩きつける。

ドグシャアッ!!

……なにやらあんまりよろしくない破砕音がした気がする。いや、今は戦闘中だ、確認は後回し！　もう1匹のゴブリンに向かって一気に詰め寄り、こちらにもその勢いのままでシールドバッシュ。

ドゴン！　バシャアッ！

何かにぶつかった非常に鈍い音と、これまた何かが何かに叩きつけられて潰れたような音が……確認してみると、樹に叩きつけられて爆《は》ぜ潰れたナニカと、盾にこびり付いた謎の肉片。

あー……やり過ぎた？　というか、普通に攻撃力がオーバーキル過ぎる……。

「レンさん、やり過ぎー」

「うう……しばらくご飯食べられない……」

呆《あき》れたように言いながらアリサさんが近づいてきた。少し後ろにいるリリーさんはちょっと顔色が悪い。うん、なんかごめん。

でもちょっと力加減の練習は必要かなー、と思いました。魔石が粉々になっちゃったよ。これじゃあ討伐確認してもらえない。勿体《もったい》ない……。

ちなみに平均的な普通のゴブリン1匹の討伐報酬は銅貨5～10枚だったりする。魔石の大きさとか質で変わるんだって。多いような少ないような、微妙な感じ。

その後は何とか拝み倒した結果、魔導甲冑の力加減の練習も兼ねて私も何度か近接戦闘に参加する事になった。いや、毎回オーバーキルなのも、ちょっとね……素材の品質とか落ちるし、食用にもなる系の魔物とかの場合も、色々問題が出ちゃうし？

なお、追加で20匹分もゴブ挽《ひ》き肉《にく》を製造した頃になると流石《さすが》にリリーさんも慣れてしまったらしく、少し早目に切り上げて昼過ぎに帰路につく頃にはケロッとしていた。強い。

ちなみに昼食は携帯食料を齧《かじ》って済ませた。森の中で煮炊きするのは、ちょっと……いや、無理ではないんだけど、ゴブ挽き肉を量産してる時にはね……。

リリーさん達とパーティーを組んだ今でも、早めに切り上げて帰るのは変わらない。帰る頃に暗くなってたりすると、運が悪い場合には魔物に襲われたりするという事もありうる。という建て前はあるけど、何より私が面倒臭い。

自宅を出せば森の奥でも快適に過ごせるとはいえ、いつ誰に見られるかはわからない。王都滞在時に襲われた一件以降、一応自重は心がける事にしたので警戒はしておいて損はない。

町に帰って冒険者ギルドに討伐報告に行き、精算待ちをしている時。なんだか若干注目を浴びているような気が……？

あー、ゴブリン討伐とはいえ、50匹分の魔石をまとめて持ち込めば、そうもなるか。実際はもう30匹ほど多く倒してたりするんだけど、そこは、はい。すみません、なかなか慣れなかったものでして……。


さて、今日の仕事も終わったところで、次は商業ギルドへと向かいましょうか。いや、ちょっと家でも借りようかと思いましてね？

うん、なんと言いますかね……美味しいご飯を食べられる所があんまりないのがね……？　毎回あのちょっとお高めの店で食べるのも微妙だし、それなら自炊しようかという事になりまして。うん、毎回私が作るわけじゃないよ。ちゃんと持ち回り。


というわけで借りたのがこちらのボロ家でございます。いや、間取りとしては結構広いんだよ。部屋数もあるし。元々は裕福な人が住んでた家らしい。

ただまあ、住む人がいなくなって空き家になって、それから時間が過ぎていくうちに朽ちたとか何とか。家賃が高かったせいで誰も借りなかったんだってさ。本末転倒過ぎない？

でも交渉の結果、一日銅貨5枚で借りる事ができました！　内装の改造は自由というおまけ付き！　連泊する限りは家賃の額は固定、途中での家賃の値上げもなし！　他にも諸々こちらに有利な条件で契約をした。つまり、私のやりたい放題という事なのである！　あ、当然だけど『退去時には賃貸前の状態に可能な限り原状復帰する事』って一文もあるよ。

いやほら、トリエラ達の家の事があったじゃない？　あの時に『この手は使える！』って思ったんだよね。それでそのうち同じ手を使ってやろうと思ってましてね……ゲヘヘ。

連泊云々《うんぬん》や値上げなしというのは、改装後にギルドの人に知られて値上げされたりしないようにするため。ちゃんと書面を交わしたので抜かりはない。

さて、今晩からぐっすり休めるようにさくっと改装しちゃいましょうかね？

137　ぐだぐだな朝。つまりいつもどおりの朝。

とまあ、そんなわけでとりあえずざっくりと改装したのがこちらとなります。

外観はボロ家のまま、内装のみを改装してみた。ちょっと色々と思うところがありまして？　っていうか、半日も経たずにいきなりボロ家が綺麗《きれい》な家に生まれ変わっていたらそれはそれで問題になるというか、そもそも悪目立ちするといいますか。理由の大半はそれ。

後はまあ、ちょっと思いついた事がね？

ほら、『退去時には賃貸前の状態に可能な限り原状復帰する事』って奴。ほこりとか汚れとか、あとは壊れた壁とか家具とかはそのまままるっと【ストレージ】に収納しておいて、退去時に私の作った内装とそっくりそのまま総取り換えで元通りって寸法ですよ。我ながら酷い悪知恵である。

それにしても滅茶苦茶値切ったお陰で、このあたりとしてもかなり安い家賃で借りる事ができたのは幸いだったね。なにせ、一応とはいえ庭付きだし、馬車も馬も置ける。馬車は簡易倉庫のようなものを作って庭に設置し、そちらの中に。馬は邪魔なので【ストレージ】行き。庭を区切る柵は一応作り直した。この柵は退去時もそのままでいいかな。

母屋の方は外観はそのままとはいえ、隙間風が吹き込んでも困るので壁の中はしっかりと改造。

食事をしたりするための居間、奥に台所、物置、トイレ、風呂。トイレは汲《く》み取《と》り式だったけど、ここにずっと長く住むわけではないので、そこは妥協した。魔法でなんとかしてる私は別に使わないし。２人はお釣りに気を付けてもらおう。

え？　お釣りってなんだって？　それはあれだよ、下に落ちたのが撥《は》ねてちょっと返ってくる奴だよ。

幸い寝室は3人それぞれ個室にできた。とはいってもここで日課に及ぶつもりはない。私は自室でしかしない主義だからね。と言いつつ各部屋普通に防音で鍵付き。私はともかく、２人にもプライベートの時間を作れるように、と思いましてね。

ベッドは私の自宅に備え付けのものを再利用。これを使えばぐっすり快眠である。

と、ここまで小一時間ほどで終わらせた頃にはもう午後5時を過ぎたくらいになっていたので、そのまま早めに食事の準備に取り掛かった。

とはいっても私は筍《たけのこ》の灰汁《あく》抜きに付きっ切りで、今日の食事はリリーさん達にお任せだったり。一応持ち回りって決めたし、初回から私が作るのもね？

晩ご飯も終わってお風呂にも入り、一息ついたところでニコニコ笑顔のリリーさんが近づいてきた。

「レンさん、お話があります。ちょっとそこに座ってください」

「リリーさん？」

「座ってください」

「えーと」

「正座」

「……はい」

有無を言わせない圧力。というか、そこって床なんですけど。いや、私の自宅と同じ仕様だから家の中では靴を脱ぐので問題ないといえば問題ないんだけど、なんだか怒ってる？　ちょっと怖いよ？

ここは大人しく従っておくのが無難だろうと、言われるままに正座した。

「あの……？」

「レンさん、朝は時間がありませんでしたので黙っていましたが……私達でパーティーを組んだ時に色々と決めましたよね？　その時にレンさん言いましたよね？　危ない事はしない、単独行動は控える、と。なのに、何で1人で採取に行ったんですか？　起きなかった私達にも問題はあると思いますけど、それとこれとは話が別ですよね？」

「……はい、すみません」

「そもそも、レンさんは危機意識が薄過ぎます。いいですか？　大体にして……」

「……」

あれ、滅茶苦茶怒ってる？　ちょっとのつもりだったし、何もそこまで怒る必要は……あ、ごめんなさい。なんでもないです。

……やばい、リリーさん激おこじゃん。

そこから1時間以上懇々とお説教される事に。いや、確かに私が悪いんだけど、正座でこの長時間は……！

「もう、ちゃんと聞いてるんですか！」

「ごめんなさい」

流石《さすが》に耳にたこ状態で聞き飽き始めた頃に、私の頭の上になにやら重いものがのしっと乗せられた。なにこれ？

ちょっと振り返ってみると、そこにはノルンが。っていう事はこれ、ノルンの前脚？

そしてそのまま体重を乗せ始め徐々に上体が前方に押し付けられていく。ちょ、重い重い！　何事⁉　え？　なんで⁉

……え？　私の事を心配して怒ってくれてるんだから、ちゃんと聞けって？　いや、ちゃんと聞いて……って、重い重い重い！　潰れる！　中身でちゃう！

ばたばたと手を振って抵抗を試みてみるものの、効果はなし。あっという間に土下座スタイル。うぐぐ、潰れるー！

そしてなにやらノルンが合図したのか、再開される説教！　やめて！　私のＨＰはまだ残ってるけどそろそろ瀕死《ひんし》です！

結局、説教が終わった後にノルンは私の上に前脚を乗せたままその場で丸くなって眠ってしまい、私は一晩中強制土下座ポーズで過ごす羽目になったのだった。

翌朝、リリーさん達が起きて来るよりも早いくらいの時間になってノルンが退いてくれ、やっと強制土下座から解放された。でも脚の感覚が……た、立てない。

こういう時はお約束のポーションで回復。うん、これで立てる。

……いや、ノルンが力の加え方を絶妙に加減してたっぽいからこの程度で済んだけど、これって普通ならただの拷問じゃない？

しかし昨日のリリーさんは怖かった……後日アリサさんに聞いたところによれば、一定のラインを越えて怒らせてはいけない、との事だった。もっと早く教えてよ！

とはいえノルンも言っていたとおり、私を心配してくれての事なので若干嬉《うれ》しくもあったりするあたり、我ながらチョロい。

それでまあ一晩色々考えたんだけど、私の警戒心が一層薄くなったのはパーティー組んだお陰で安心感が増したせいじゃないかなーという結論に。森でゴブリン狩りしてた時のアレも、やっぱり鎧《よろい》の安心感のせいだと思われるわけだし。

とどのつまり、結局は私の気の持ちようというか、まあ気の緩みというか……。

対策は一応考えた。【危険察知】【危険回避】【気配察知】を分割思考と言うか【マルチタスク】にぶん投げて、常時使用する事。

【警戒】とかの下位スキルは使いっぱなしだったんだけど、ずっと気を張ってるのもどうなのかなーと思って、上位スキルはあんまり常時使用はしてなかったんだよね。でも今回の件でそれはまずいとわかったのでガンガン使っていく方向に変更した。うん、私はもう襲われたくない。あの時の絶望的な気持ちを思い出せ！

え？　分割思考の領域は空いてるのか？　いや、実は超余裕なんだよね。

分割思考がスキル化する前の自前の技能だった頃は、仮に100あるとする領域を分割して使ってたんだけど、スキル化して【マルチタスク】になった後はなんと、100の領域が×スキルレベル分一気に増えたんだよ。今の【マルチタスク】のLVは6なので、元の100に加えて100が更に6個追加。つまり合計700。ぶっちゃけ常時使用し放題。意味がわからない。ちなみに合計で700なのであって、単一で700ではない。

更にそれらを元のように分割して使う事もできるので、普通に暮らしながら色々思索に耽《ふけ》る事も可能。

……その割にはずっと隙が多いあたり、我ながら……いや、ここからだよ、私は！

ん？　なんで色々なスキルを常時使用にしなかったのかって？　いや、なんかさ……頭がおかしくなって死にそうな感じがしない？　普通に考えてちょっとおかしいでしょ、そんなたくさんに思考が並行分裂してる人とか。

ともあれ、私はここから！　ここからだよ！

と、色々新たにしながら気合を入れてご飯の準備や諸々をしていると2人が起きて来た。おはよーん！

さて、朝食の前に新たな日課となったアリサさんとのトレーニングである！

そう、パーティーを組んで旅立った翌日から、毎朝起きてすぐに身体を動かすトレーニングをするようになっていたんだよ！

まあ毎日とはいうものの、実際は不寝番とかあるから本当に毎日はできなかったりするんだけどね。まあそこは可能な限りって事で。

ちなみに不寝番はいつもノルン任せだと色々鈍るとの事で、アリサさん達もある程度持ち回りで頑張るようにしてるんだよ。私？　私は気が向いた時に、一応。

とまあそんなわけで訓練開始！　まずは柔軟！　ポーションで誤魔化したとはいえ、一晩中強制土下座させられたお陰で固まった身体をバキバキ言わせながら解《ほぐ》していく。入念な柔軟を済ませた後はアリサさん相手に実戦形式で模擬戦だ！　そしてあっさり負けまくる私！

クソ……アリサさんは素手だというのに、木剣使ってても全然勝てない……勝てるか、こんなの！

「うーん、大分動きはマシになってきたと思うけど、まだまだ全然駄目駄目だねー」

「申し訳ない……」

「多少はマシになってきてるからそこまで気にする事はないと思うよー。でもこの調子だと肉体強化系のスキルを覚えるのはまだまだ遥《はる》か先だねー」

「むしろ覚えられる気がしません」

「それは否定しないよー、でも身体の動かし方を知ってるのと知らないのとでは全然違うからねー」

それはごもっとも。

うん、そもそもこのトレーニングを始めた一番の理由は、私のポンコツ過ぎる身体能力をナントトカするのが目的なのだ。

王都にいる時はずっと鍛冶やってたし、今までも自主的に筋トレとかしてきたんだけど、一向に筋力も体力も付く気配がなかったんだよね。まあ最大限無理をして、なんとか腕立て5回が限界だったけど。腹筋？　……聞くな！

で、そんな感じだったので、いくらポーションのお陰で疲れ知らずとはいえあまりに雑魚過ぎて実は結構悩んでたんだよ。

そこで本職の剣士であるアリサさんにご教授願おう、と思ったわけでして！　アリサさんなら色々と知ってそうだしね。運良く肉体強化系スキルが覚えられたら御の字という事で、早朝訓練をお願いする事になったのだ。

ちなみに肉体強化系スキルっていうのは【剛力】や【忍耐】といったステータスを強化する系統のスキル。アリサさんも【俊足】というＡＧＩを強化するスキルを覚えてたりする。

私も【身体強化】は覚えてるけど、あれ、全然レベル上がらなくて困ってたんだよね。鍛冶の時しか使ってなかったんだけど。

その事も聞いてみたところ、【身体強化】はとにかくレベルが上がりづらい、という事だった。むしろそれを使って格上の敵をばんばん倒さないといけないらしい。なんだかよくわからないけど、そういう特殊な経験値を積まないといけないとか何とか？　そりゃ私には無理だわ。

更に聞いて驚きだったのが【身体強化】に頼り過ぎてもいけないという話。【身体強化】は頻繁に使い過ぎると素のステータスの成長を妨げてしまうのだとか。それが原因かー！

肉体強化系と違って使い過ぎても駄目とか、そんなのわかるわけないじゃん……。

そういった特性があるため、身体の成長期に覚えても使う事はあまり推奨されないとか何とか……なんだそれー？　地味に地雷スキルじゃないの、これ？　やってられるかー！

「それにしてもレンさんはなんというか、身体の使い方が急におかしくなる時があるのはなんだろうねー？」

おっと、考え事に没頭し過ぎた。

「焦ると重心がコロコロ変わるというか、なんだろ、これー？」

それ、多分前世の記憶の影響です。男女で重心位置が違うのが原因で、それらが合わさっておかしい事になってるんじゃないかなーと思います。うん、この考えに至ったのもアリサさんとトレーニングするようになって、重心の変化の事を指摘されたからだったりする。

焦ったりした時に無意識に前世の記憶の影響を受けて重心位置がずれて、それで動きがおかしくなってるっぽいんだよね。平常時でも割とそういう時があるらしいので、かなり重症。

とはいえアリサさんとのトレーニングを開始してから改善の兆しは見えてきたようなので、このままリハビリを続ける所存であります！

トレーニングが終わったらお風呂で軽く汗を流して朝ご飯。今日は蕎麦粉《そばこ》のガレットにしてみた。具材はベーコン、卵、チーズに茸《きのこ》。これは後は焼くだけの状態にしておいたので、お風呂を出てすぐに仕上げて出来たてほやほや。スープはコンソメベースの野菜スープ。あとはサラダ。これはマヨネーズで頂く。

「今日も朝から幸せ……」

「美味しい！　この……何？　美味しいー！」

「ガレットですよ」

「ガレット⁉　こんな豪華なのがガレット⁉」

聞くと、このあたりで食べられてるガレットは蕎麦粉を煉《ね》って薄焼きにした生地にハムをのせて、それをくるくると巻いて食べるものらしい。孤児院ではそんなものすら食べた事なかったからなあ……あの頃の私にとってはハムとか普通に高級品だよ。むしろ肉なんて月に1回あるかないかだったしなあ。しみじみ。

さて、ご飯もしっかり食べたし、今日はお弁当も用意したし、お仕事に行くとしますか！

「レンさん、今日はどうしますか？」

「慣れるまでは2～3日ゴブリンでいいのでは？」

「慣れたらどうします？」

「うーん」

というか、何で私に聞くの？　そもそものパーティーの実質的なリーダーって誰？　クランの代表登録はリリーさんだし、冒険者ギルドの窓口での対応もリリーさんがやってるし、やっぱりリリーさん？　私はどちらかというとバックアップとか雑用メインだしなあ。って、それはさておき。

「アリサさんは何かありますか？」

「私？　うーん……ゴブリンに慣れたら、巣の攻略でもやってみるー？　依頼報酬も入るから結構な収入になると思うよー？」

ゴブリンの巣か……ふむ。

「では、もう数日ゴブリン狩りをして慣れたら、巣に挑戦してみましょうか」

「わかりました、ではそれで」

「おっけー！　れっつごー！」

アリサさん、ノリが軽いね……いや、変に重いよりは全然いいんだけど。

それにしてもゴブリンの巣か……面倒そうだなあ。でもまあ、正直に真正面から攻略する必要はないよね？

138　こんにちはゴブリンさん、そして死ねェ!!

ある晴れた昼下がり、絶好のピクニック日和《びより》でございます。

となれば野外でお弁当となるのは当然の流れ。今日のお弁当は肉巻きおにぎりとポテトサラダ。汁物はなしで水のみ。これは已《や》むなし。

いや、焼きおにぎりばっかりも流石《さすが》に飽きてきたし、肉も食べたいよね、と考えた結果がこれでして。ポテトサラダはリリーさんの苦手を克服させない事には他の芋を使ったレシピが使えないので、こちらも已むなし。

リリーさんも若干震えながらだけど普通に食べてるので、味そのものが無理というわけではないんだよね、単に苦手意識というだけで。

アリサさんは凄くいい笑顔で食べてます。にっこにこだよ！

ちなみに弁当箱には竹を使ってみた。縦に割って、中におにぎりを詰める感じ。で、割ったもう片方をあわせて紐《ひも》で縛る。水筒も竹で作ってみた。どっちも数回使ったら破棄しないといけないけどね。

いやあ、それにしても今日は本当にいい天気だこと……ご飯が美味しいね！

え？　ゴブリン退治はどうした？　いや、ちゃんと午前中は殺戮《さつりく》の限りを尽くしましたよ？　ゴブリン許すまじ、慈悲はない！

魔導甲冑《かっちゅう》も返り血で真っ赤に染まるくらいにはブチブチと潰して回りました。お陰様で力加減にも大分慣れました。その成果がこちら、ゴブリンの魔石50個となります。今日はまだ1個も粉々にしていないのであります！　褒めてもいいんだよ？

あ、魔導甲冑の返り血はちゃんと水魔法で洗い流した後に『洗浄』も掛けたので問題なし。ゴブリンの死体というか挽《ひ》き肉《にく》も全部【ストレージ】に収納済み。というかこのゴブリンの挽き肉、何か使い道ないかなあ？　うーん、肥料ぐらいしか思いつかない……まあいいや、とりあえず保留という事で。

あとはこの数日で魔導甲冑の細々とした改修なんかもしてみたり？　可動部の調整とか重心の調整とかね。あとは出力の調整とかもやってたりする。

いや、ゴブリンが挽き肉になるのは単に私の操縦への不慣れってだけじゃない感じだったりしましてね……。そういったあれこれをやった結果が今日の午前中の成果というわけであります。

あ、あと魔導甲冑に乗ってる時用にパイロットスーツっぽいものも作ってみたり。全身タイツというか、足先から手先まで覆うようなレオタード風の服のあちこちにあれこれついてる感じっぽい何かというか……まあ俗にいうプラグなスーツっぽい感じの奴ですよ。ちなみに総ミスリルメッシュ製でござる。

いや、操縦してるとそれなりに中が揺れるんだよね。で、胸も揺れて微妙につらいので、こう、ぴっちりと固定してなるべく揺れないようにですね？　うん、効果はそれなりにあったりなかったり。細かい問題点としては乗り降りするたびに【ストレージ】操作で早着替えをしないといけない点かな？　乗り降りのたびにというか、コクピットに入ってからパパッとね。まあこれは仕方ないんだけど。

「今日のお弁当も美味しいー！　最初見た時は大きな肉の塊かと思ったけど、私これ好きー！」
「うう、確かにこのおにぎりは美味しいけど、ポテトサラダ……美味しいけど、美味しいんだけどぉ～……」

アリサさんは好き嫌いがないから色々食べさせ甲斐《がい》があるねえ。リリーさんは複雑そうだけど、芋嫌いを克服してもらわないと色々と作れないものがある旨は伝えてあるので、ちゃんと頑張って食べている。その調子で頑張れリリーさん！　私は早くコロッケが食べたい！

あ、リリーさんの芋嫌いはやっぱり一度中《あた》った事があるからだったみたい。だが私は容赦はしない！

「あ、そうだ。レンさん、剣の名前決まったよー」
「やっと決めたんですか？」
「うん！」

おー、やっと決まったのか。何日もずっと悩んでたからねえ……いや、私が面倒で命名権をアリサさんに押し付けたのが原因なんだけど。

「それで、なんという名前にしたんですか？」

「あの剣を使うと飛ぶように走りまわれるから、『フェザー』って名前にしたー！」

ほうほう。つまりアレはアリサさんが羽ばたくための翼という事か。うん、いいんじゃない？

「いいと思います」

「じゃあこれで決まりー！　これからもよろしく『フェザー』！」

自分で名前を付けたんだから愛着も湧くというものだよねえ。ここまで喜んで貰《もら》えれば作った甲斐もあるというものだよ、生産者冥利に尽きるなあ。


さて、ご飯も食べ終わったし、そろそろ午後の行動を決めないと。

「午前はかなり調子よくゴブリン退治できましたよね」

「そうですね、お陰で大分慣れましたし……午後はどうしましょう？」

「私は何でもいいよー」

うん、アリサさんは黙ってようね。しかし、ホントにどうしようか……？

「うーん……」

「そんなに難しく悩む事ないんじゃない？　午前で想定よりもレンさんが慣れたんだから、思い切って午後は巣に突撃でも問題ないと思うよー？」

「それも確かにありといえばありなんだけどね……」

んー、確かにそれもありなんだよね。問題は狭い巣の中でちゃんと立ち回れるか、だから。

「とりあえず、行くだけ行ってみます？」

「そうですね……では、行くだけ行ってみて、無理そうなら引き返すという事で」

「よーし、それじゃれっつごー！」

ゴブリン皆殺しツアーにしゅっぱーつ！

……というわけで40分ほど歩いたところでそれっぽい洞穴を発見。まあそれっぽいとは言ってみたものの、実際にはマジものゴブリンの巣だったりする。私とノルンの【気配探知】の反応でも確認できてるし、ノルンとベルの鼻でも間違いなし。

◇

「見つけましたけど、どうします？」

草むらに潜んでひそひそと内緒話。

「……どのくらい深いのかわかればいいんですけど」

「それに、攫《さら》われた人がいるかどうかもわからないしねー？」

うん、一番の問題はそれだ。ゴブリンは時折人を攫うのだ。とはいっても、異種交配で繁殖なんていうエグい話ではなく、食料として生きたまま飼われるんだよ。いや、それはそれで別の意味でエグい話なんだけど。

……魔物と人種の異種交配というのは、基本的には不可能だったりする。それが人や亜人と魔物を分ける決定的な差。人と猿が子供を作れない程度には違う生き物なんだろう。そして、基本的には、というのは極稀《ごくまれ》に異種交配可能な特殊能力というかスキルを持つ変異種が現れる事があるから。本当に滅多にいないらしいんだけど。後は、元からそういう種族の魔物の場合。なんでも、なんか触手っぽいヤツらしい。

かんわきゅーだい！

んー、せめて人がいるかどうかがわかれば次に打つ手も決まってくるんだけど……ノルン、わからない？　私の【気配探知】はＬＶ２だけど、ノルンはＬＶ７だから何とかならないかな？　……え？　何となくいないような気はするけど、臭過ぎて無理？　集中できないって？　うん、なんかごめん。

とはいえ、このまま草むらでうだうだと話し込んでいても埒《らち》が明かない。それにちょっと思いついた事があるから試してみよう。

「ちょっと様子を見てきます」

「大丈夫ですか？」

「ノルンもいますし、何かあった時は援護お願いします」

という事でノルン、一緒に付いて来て！　警戒よろしく！

周囲の様子を窺《うかが》いながら草むらから出て、こそこそと巣穴へと近づいていく……ちなみに今の私は生身。いくらなんでも魔導甲冑は目立つので、流石に今だけは降りている。

そそくさと巣穴に接近すると、穴の横の岩肌に背中を付けてソロソロと巣穴を覗《のぞ》き込む……うわ、臭っ！　めっちゃ臭っ！　これは確かにノルンも集中できないとか言うわけだわ……。

っと、そんな事よりもさっさとやる事やらないと。

岩肌を這《は》うように巣穴の中に指先を入れて、壁に触れて……【解析】。

……わぁお。まさか本当にできるとは。

ああ、うん。なんていうかね……今私がやったのは『ゴブリンの巣穴』の解析なんだよね。ちょっとした思い付きだったんだけど、本当にできるとは思わなかった。

【解析】って普通にチートスキルじゃないの、これ？　お陰様でこの『ゴブリンの巣穴』の構造から内部にいるゴブリンの数に至るまで、丸わかり。反則にも程がある。まあ便利だから今後も活用するんだけど。

うん、別の意味でちょっと頭痛い気分だけど、とりあえず知りたい事は全部わかった。一旦2人の所に戻ろう。

「どうでした？」

「臭かったです」

「……そうですか。それで、どうします？」

「思いついた手が一つあるので、それを試してみようかと。うまくいけば戦闘は避けられます」

思いついたというか、今朝から色々考えてたというか。

「それはいいんですが……攫われた人がいた場合でも大丈夫な方法なんですか？」

「あ、それは大丈夫です。中はゴブリンだけです。ついでに巣穴の構造も全部わかりました」

「……はい？」

「えーと、ちょっとそういう感じの便利なスキルを持ってた、という事で」

「……あー、元々持ってたスキルの使い方の応用を思いついて、試してみたらうまくいったとか、そういう感じー？」

「それです！」

アリサさん鋭いな！

「たまにあるよねー、そういう事ー」

「……よくわからないけど、わかりました。ではレンさんの作戦というのを試してみましょう。説明してもらえますか？」

そんな頭痛そうな顔しないでよ！　私だってこんなにうまくいくとは思ってなかったよ！　ただの思い付きだったんだから！

「見てもらった方が早いと思いますので、まずはやってみませんか？」

「……危険はないんですね？」

「次は鎧《よろい》に乗るので大丈夫です」

「わかりました。では行きましょう」

……さて、今度は魔導甲冑に乗って行動開始。でかい図体で巣穴に近づいていく……リリーさんは盾の陰に、アリサさんは右腕にしがみ付いての移動だ。斧槍《ハルバード》は邪魔なので【ストレージ】に収納してある。

巣穴に辿《たど》り着いたら、入り口の下から3分の2ほどまでを土魔法で壁を作って埋める。これは主に逃げられないようにするため。そして次に、水魔法で中に水を流し込む。とはいっても窒息させるのが目的ではない。いくら魔力豊富な私でもこの巣穴の中を全て水で満たそうと思ったら、少々MPが心もとない。

巣穴の中からギャアギャアとゴブリン達の鳴き声が聞こえてくる。どうやらいきなり水が流れ込んできた事に驚いて慌てているらしい。

……さて、大体私の膝の高さ、ゴブリンの腰の高さくらいまで水を流し込んだところで、次は氷魔法を使って水を凍結させていく。こうする方が何もないところから直に氷を生み出すよりもMPの消費が抑えられるのだ。

パキパキと音を立てながら大量の水が凍っていく。

「ギー!?」

「グギャー!」

おお、鳴き声が叫び声に変わった。フハハハハ! 死ぬがよい!

氷魔法を使い続ける事30分、多分巣穴の中の水は全部凍ったと思うけど、まだ氷魔法の使用はやめない。巣穴の中の全てのゴブリンが冷気で凍死するまで、しばらく魔法の行使を続ける。全力で使うのではなく、ダラダラと低出力で。

そうしているうちに【気配探知】によるゴブリンの反応が減っていき、やがて氷魔法を使い始めてから小一時間ほどが経過した。


「……鳴き声がやみましたね。そろそろ大丈夫でしょうか？」

「……レンさん、ちょっとえげつなくないですか？」

「というか普通にドン引きだよー……」

え⁉　馬鹿正直に巣穴に突入するより楽で良くない⁉

何はともあれ、入り口を塞いでいた土壁を消して巣穴に突入開始する事にする。

あー、これはちょっとミスったな。足元が分厚い氷で覆われてる分、天井までの高さが狭くなって魔導甲冑で入るのはちょっとぎりぎりっぽい。まあ無理矢理入るんだけど。

2人を腕に抱えて、魔導甲冑に乗ったまま巣穴の中を進んでいく……ああ、甲冑の重さで足元の氷がバリバリ割れていくわ。これなら思ったよりも平気かな？

巣穴を奥へと進んでいく途中、ゴブリンの死体を発見するたびに【ストレージ】へと仕舞っていく。どれもこれも下半身が氷に埋まってるんだけど、そこは【ストレージ】様様。別に掘り起こす必要もなく収納できる。楽ちん楽ちん！

「どれもこれも断末魔の表情が……」

「私、こんな死に方だけはしたくなーい」

変なポーズで固まっているゴブリンを指差しながらアリサさんが嫌そうな顔で呟《つぶや》く。いや、本当

になんだこの意味不明な格好。こんな死に方、私だって嫌だわ。

「いくらなんでも一方的過ぎて……」

「楽だけど、ちょっとねえー？」

「楽ならいいじゃないですか」

「それはそうなんですが……っと、今ので25匹目ですか？」

「そのくらいですね。あ、この先が広間になってます。そこに親玉のホブゴブリンと取り巻きが5匹、のはずです」

「……さっきからドンピシャだから疑う余地もないけどー、レンさんの便利さが留まる事を知らなーい」

「私、もう色々と考えるのをやめようと思うんだけど」

「私はもうやめてるー」

私の評価が駄々下がりしていく！　ええやないか！　楽な方がええやないか！

「……あれ？」

「……まだ生きてますね、ホブゴブリン」

「あー」

流石に上位種だけあって生命力が強いのか。それに普通のゴブリンよりも大分大型だし。とはいえ大型といっても私と同じくらいの大きさだから膝から下は氷に埋まってるので、倒すのは楽だろう。既に大分弱ってるみたいだし、震えながら呻《うめ》き声《ごえ》を漏らしてるだけだし。

ならば今トドメをくれてやる！　って、アリサさん速っ！　一撃で首ちょんぱー！

「とったどー！」

ここまで見せ場がなかったのが面白くなかったのか、ノリノリだね。いや、いいんだけどね。

えーと、他の取り巻きは流石に全部死んでるか。じゃあ全部収納して撤収ー！

「ところでこの場合、事後報告でも巣穴攻略の報酬って貰えるんですか？」

「大丈夫ですよ。ただ、巣や集落の攻略は報告後に確認調査をして、それが終わってからになるので、報酬の支払いには若干時間が掛かりますね」

「ギルドカードに振り込んでもらう事もできるから、わざわざ受け取りに行く必要もないんだけどねー」

なるほど、色々あるんだなー。

「……でも、この凍りついた巣穴を見られるのは、どうなんでしょうね……」

……それは考えてなかった。失敗失敗、テヘッ☆

なお、死体回収と確認を兼ねた巣穴突入中のあまりの寒さのため、この方法は2人には不評極まりなかったとだけは言っておく。魔導甲冑の中は冷暖房完備だから気付かなかったわー。

うーん、なら次はもうちょっと別の方法を考えてみるかな？

１３９　時には失敗だってあるよ、にんげんだもの

ってなわけで翌日の昼下がり。今日も今日とてゴブリン虐殺ツアーの真っ最中であります。まあ今はお昼ご飯食べるために適当に具合がいい場所を探してる最中だったりするんだけど。

うーん、もう少し見晴らしがいい場所があればいいんだけど、なかなかどうして……って、椿《つばき》発見！　しかもしっかりと実がなってる！　油ゲットだぜ！　ってそうじゃないよ⁉　何でこんな時期に実がなってるのさ！　もう本当にさあ……この世界なんなの？　季節感何処《どこ》行った！　いい加減にしろ！

「あの、レンさん……どうかしました？」

「ああ、いえ……この木なんですけど」

私が物凄く疲れたような顔をしていたらしく、リリーさんが心配して声を掛けてきたので説明する事にした。明らかに植物が時期外れの実をつけている事。ここの木に限らず過去にも何度か同じように季節外れに実ってる植物を見た事。

「ああ、なるほど……それはここが魔力溜《だ》まりだからですよ」

「魔力溜まり？」

リリーさん曰《いわ》く、森の奥や平野部などで不自然に植物が茂っている場所や、植物が季節外れの実をつけていたりする場所は、他の土地よりも魔力が濃い場所なのだという。

そして、そういった魔力溜まりといわれる場所では植物の成長が促進されたり、本来生えない種が群生したりしているらしい。

また、そういった魔力溜まりの上に城などを建て、魔法陣などを用いてその場所の魔力を利用して結界を張ったり、という事もできるらしい。世界各国の王都や領都といった主要都市の城なんかは大抵そういった場所に建ってるのだとか。なるほどなー。

うーん、なんていうか龍脈《りゅうみゃく》とか霊脈とか、そんな感じなのかな？

なんだか思わぬところで長年の疑問が解決したぞ。と、リリーさんからの解説を聞きながらも椿の実の回収は忘れない。椿油って現代でも普通に高級品だからね！

ちなみに採取は魔導甲冑《かっちゅう》に乗ったまま行ってたりする。こういう時のために作業用のサブアームを取り付けておいたんだから、活用しないとね。一応【ストレージ】操作での回収も並行してるけどね。

「さっきからその木の実を回収してますけど、何かに使えるんですか？」

「この実から良質の油が取れるんですよ」

「……はい？」

「油が取れます」

「………………………え、本当に⁉」

「本当に」

「えええええええええええええええええ！！！！！？？？？？」

マジよマジマジ。っていうかなんでそんなに驚くのさ。

……うん、植物油って、お貴族様の領地で少量生産されてる超高級品なんだってさ。しかもどの植物から取れるかは秘中の秘。いやあ、またしてもやらかしたか。

「えーっと……この事は内密に？」

「言えるわけないじゃないですか――――⁉　こんな事しゃべって回ったら私、捕まっちゃいますよ⁉」

ああ、うん……なんかごめん。

ちなみにこの捕まるというのは悪い事をして捕まるという意味ではなく、お貴族様に目を付けられて難癖付けて連れて行かれて取り込まれる、という意味だそうで。

うん、それはだめだ。今の私の身の上的にも許されざる事よ。この件に関してはお口にチャックという事で全会一致しました。無理矢理イクナイ。

途中からリリーさん達も椿の実の回収を手伝ってくれたので、短時間で採取は完了。油作りは町に戻ってからでいいかな？　まあ【創造魔法】を使えば一発だから、すぐ終わるけどね。

結局、お昼ご飯は椿の実の採取をしながら食べる事に。

メニューが照り焼きチキンバーガーだったので食べながらでも採取できたのも原因ではあったかもしれないけど、時間を無駄にしないためにも食べながらでいいんじゃない？　という話になったんだよね。

「折角の美味しいご飯ですけど、時間の節約も大事ですからね」

「そうだねー、前に歩きながら食べるとかもよくやってたし、それに比べれば全然ゆっくり食べられるから問題ないんじゃないー？」

ううむ、２人とも逞《たくま》しい。

あー、でもあれだな。とどのつまり、魔力溜まりだと植物が活性化して成長が促進するって事で、それは人の手で魔力を注いでやれば人工的に同じ事ができるという事なのでは？　……ふむ、今度時間がある時に色々と試してみよう。なんか面白そう。


さて、ご飯も食べて椿の実も採取完了！　午前は午前で野良ゴブリンを結構倒したし、午後は昨日に続いてまた巣でも潰しに行きますかね？

２人も特に別意見があるというわけでもなかったので、ノルンの探知系スキルで近場のゴブリンの巣を探して移動開始。そして30分と掛からずにゴブリンの巣と思《おぼ》しき洞窟を発見。

「さて、どうします？」

「昨日と同じように、まずは私が巣の構造を調べてきます」

「そうですね……その結果次第で次の行動を考えましょうか」

「……私はなんでもいいよー」

例のごとく、巣の近くの草むらで作戦会議。そしてアリサさんもいつものごとくであった。そんなアリサさんがだんだん可愛く思えるようになってきた今日この頃だったりする。うーん、リリーさんとアリサさん、どっちを……いや、思い切って2人とも？　って、今はそんな事考えてる場合じゃないわ。まずは巣の【解析】に行かないと。

という事で魔導甲冑から降りてこそこそ移動開始。ちなみに今回はノルンの護衛はなしで、私単独。

いやほら、いつまでも過保護にされててもね？　私も冒険者だし、少しずつ経験を積んでいかないと、という事で。でも一応、なにかあった時に備えてノルンはすぐにでも飛び出せるように身構えてたりする。なんて過保護！　私のお母さんか！　……うん、それも悪くないね。お母さんか……ふふ。

って、そうじゃなくて！　今はゴブリンの巣を調べるのが先！　まったく、我ながら本当に駄目駄目だわ……。

気を取り直して洞窟の入り口に張り付いて【解析】。うん、おっけー。そしてこそこそと皆の所まで戻る。

「どうでした？」

「とりあえず、捕まってる人はいませんね。ゴブリンの数も昨日の巣よりも少ないです。ただし、リーダーが魔法スキル持ち《スペルキャスター》です。更に配下にも魔法スキル持ち《スペルキャスター》が2匹ほどいるようです」

「……厄介ですね」

「そうですね」

神妙な顔で呟《つぶや》くリリーさんに答える。たかがゴブリンといっても魔法使いがいるとなると、正攻法なら厄介だよね。うん、正攻法ならね。

「はあ…………で、どうするんですか？」

リリーさんはゆっくりと一つ息を吐くと途端に力の抜けた微妙な表情になり、更に私に問いかけてきた。えー、その反応ちょっと傷付くんだけど？　いや、今までの私の行動を振り返れば仕方ないとは思うけどさあ……。

「……昨日の方法は寒いと不評だったので、今日はちょっと別の方法でいこうと思います」

「…………アレ以外にもあるんですね、えげつない方法が」

なんでえげつないって決め付けるかなあ？　いや、実際今日の方法も結構えげつないと思うけど。

「私としてはもうちょっと身体を動かしたいなー」

「取り巻きのいる複数の魔法使い相手に正面からですか？」

「そう言われるとちょっと微妙かなー？　でもこのメンバーなら普通になんとかなるでしょー？」

それはそうかもしれないけどね。でもね？

「私は2人が怪我をしたら嫌ですよ」

「……そう言われてしまうと」

「……我慢するよー」

うん、我慢してください。

さて、話も纏《まと》まったところで行動開始！　昨日と同じように武器をしまって2人を抱えて洞窟の入り口に近づく。ノルンの探知系スキルによると周囲に魔物はいないとの事だけど、洞窟内からゴブリンが出てくるかもしれないので一応警戒して慎重に進む。

入り口に着いたらまたしても昨日と同じように入り口の下3分の2を埋める。ここまでは昨日と同じ。でもここから先が違う。

昨日のゴブリンの巣になってた洞窟は人が掘ったものなのか、下がある程度氷で埋まってても魔導甲冑でも入れるくらいには高さがあって、更に水平方向へと掘られていた。でも今日の巣は魔導甲冑だとギリギリの高さで、昨日の方法で足元を凍らせたら間違いなく入るのは無理だ。しかも、奥に進むにしたがって下方向に緩やかに傾斜している。ただ、幸いにして横道はない。

という事で、今日は【マルチタスク】を利用しての二属性魔法の同時使用をします。具体的には、水魔法で水を作って洞窟内部に流し込みつつ、雷魔法でその水に高圧電流を流します。

あんまり大量の水を流し込むと、後々死体回収のために洞窟に入った時に面倒な事になるので、水の量は程ほどにしつつも洞窟の床全面を湿らせるように上手く加減しながら魔法を行使。

「ギー⁉」

「グギャアアアアア！！？？？」

「グギャギャギャギャギャギャギャ！！！！！！！？」

おー、私が魔法を使って早々に絶叫が聞こえる。

「……レンさん、いくらなんでも流石《さすが》にこれは」

「昨日よりもドン引きだよー……」

はっはっはっ！　なんとでも言うがいいさ！

と、一方的な拷問染みたゴブリンの巣攻略作戦を30分ほど続け、巣から絶叫が聞こえなくなった頃に魔法の行使は終了。次は巣に突入して死体回収、となるんだけど……。

「臭いです！」

「くっさーい！」

「臭過ぎますね……」

うん、臭いんだよ。凄く。

唯《ただ》でさえ臭いゴブリンの巣が、高圧電流で生きたまま焼け死んだゴブリンの死体の焦げた臭《にお》いが加わって、凄まじく臭い！　この臭いの中、巣穴に突入なんて絶対したくない！　どうしたって臭いが移るでしょ、これ！　いや、私は魔導甲冑に乗ってるから臭いは平気だけど、私以外の全員がね？　あ、ノルンがいつの間にか遠くに離れてる。すまぬ……！　すまぬ……！

あああああ！　やばい、この作戦は失敗だ！　でもなあ……。

「……絶対に入りたくないですけど、入らないわけにはいかないですよね」

ですよねー。でもまあ、最悪でも私が1人で潜ればいいだけなんだけどね……自分の後始末だし、頑張るよ……。

「リリー、アレだよアレ。アレを使えば何とかなるんじゃない？」

「アレ？　アレってなに？　何かあったっけ？」

「風魔法の付与だよー。【魔法剣】で風属性を服に付与すれば身体の周囲に常に新しい空気が作ら

れるでしょー？　それならこの悪臭を遮断できるんじゃないー？」

「あー！　その手が！　偉い！　アリサ偉い！」

なんと、そんな方法が⁉

早速試してみたところ、アリサさんの予想どおりに臭いを遮断する事に成功したのであった！

凄い！　アリサさん凄い！　マジで偉い！

……前々から思ってたけど、アリサさんって思考放棄してるようで、実は凄い頭使ってるよね？

それとも天然？　……どっち？


アリサさんの機転で臭い対策もなんとかなり、ようやく洞窟に突入。いやあ、無残な黒焦げ死体があるわあるわ。そんな無残な死体をさくさくと【ストレージ】に回収していく。

えーと………うん、魔石は無事だね。ちゃんと加減できてたみたいで良かった良かった。

そのまま洞窟を進んでいくと、途中で魔法スキル持ち《スペルキャスター》の死体も発見。ただし、２匹目は瀕死《ひんし》だけど生きていた。

「えいやー」

アリサさんの攻撃！　ぐさー！　ゴブリンは死んだ！

「手ごたえなーい、つまんなーい」

「そこは我慢だよ、アリサ」

「それはわかってるけどー」

うん……なんか、ごめんね？　この埋め合わせはなにか……美味しいご飯か、あるいはいつか精神的に？

洞窟の一番奥はやはり広間になっていて、そこでもボスと思しき魔法スキル持ち《スペルキャスター》が生きていた。

まあ、虫の息だったけど。

「おりゃー」

首ちょんぱ《クリティカルヒット》ー！　ゴブリンは死んだ！

「魔法スキル持ち《スペルキャスター》だと魔法抵抗力も高いって事でしょうか？」

「そんなところだと思います。でもレンさんもかなり手加減したんですよね？」

「そうですね。魔石が割れても困りますから……」

「……加減してなかったら、普通に死んでたと思いますよ。いくら魔法スキル持ち《スペルキャスター》といっても、そこはやっぱり所詮ゴブリンなので」

「そういうものですか？」

「そういうものです」

なるほどなー。

「でも、今回の作戦は失敗ですね」

「そうですね……レンさんには申し訳ないですけど、今後、閉所ではこの方法は遠慮してもらいたいです」

「了解です。でも、沼地とかでリザードマン相手ならかなり有効なのでは？」

「ああ、それはありかもしれませんね！　……って、やっぱり駄目です。その場合だとこっちの足場も同じ水場近くなので、私達も感電してダメージを受けます」

「ああ……じゃあ、なにか対策を考えておかないと駄目ですね」

「……あるんですか、対策」

「まあ、色々と？」

と、そんな感じに緊張感の欠片《かけら》もない会話をしながら町へと戻ったのでありましたとさ。

翌日、調査のために洞窟に入ったギルドの調査隊は、あまりの臭いにとても苦労したとかなんとか。

さもありなん。

１４０　私のＬＵＫ値が１なのは関係ねえ！

周囲の様子を窺《うかが》いながら慎重に進んでいく。【探知】【気配探知】【危険察知】スキルは常に使いっぱなしだ。だがそれでも視認による警戒は怠らない。

「……このあたりは何もなさそうですね」

「そうですね……でも油断なく行きましょう」

「ですね」

「おー」

今、私達は森の奥を歩いていた。


今の町を拠点に活動を続け、かれこれ約2週間が過ぎた。その最初の10日ほどの間に町周辺の近場にあるゴブリンの巣を潰しまくった結果、町の安全は確保されたものの私達の稼ぎのタネがなくなってしまったのだ。

そしてその状況でどうするか3人で話し合った結果、数日掛けて往復する距離までちょっと遠出してみよう、という結論になったのであった。

……決して、荒稼ぎしたせいで他の冒険者からの目が痛くなってきたのが理由ではない。ないったらない。

いや、今回ばかりは私1人が調子に乗ったわけじゃないから！　ゴブリンの巣を潰した時の収入が多い事に、リリーさんとアリサさんも調子に乗った結果だからね！　……まあ私も火攻め水攻め氷攻め電流攻め、後は窒息させたり爆発させたりと他にも色々やったけどね！　どれも後始末が大変でした！

ともあれそんな感じの理由で、借家の家賃を2週間分先に払って寝床を維持しつつ、森の奥に入る事にしたのだ。ちなみに私の自宅は使わない。代わりに土魔法で作る簡易小屋とテントの併用で野営する予定だ。

いや、一応森の中とかでの野営の経験も積んでおこう、っていう意味もあってね……そもそも土魔法で作る簡易小屋もこのメンバーだと私しか作れないから、いざという時のためにテントでの野営も経験しておかないと色々困る事があるかもしれないじゃない？　私達も色々考えてはいるんだよ、一応ね。

そんなこんなで現在、森を進む事2日ほどのところまでやってきたのだった。

そんな事を思い返しながら改めて周囲を見回すと、ノルンとベルはやや先で周辺の警戒をしていた。上を見上げると木々の合間にまだまだ青い空が広がってはいるけど、太陽は大分西の方に傾いている……んー、あんまり無理はしない方が良いかな。ちょっと離れた所に小さな小川もあったし、ここで野営する？

「どうします？　今日はここで野営します？」

「そうですね……アリサはどうしたい？」

「私はどっちでもいいよー」

アリサさんはそう言うと思ったよ！

結局、暗くなってからの行動は無駄に危険も増えるという事で無理はせずにここで野営する事になった。

２人がテントを立ててる横で私は土魔法でざっくりと簡易小屋建造。入り口には布を垂らして中が見えないようにする。ついでに小屋の前のあたりに料理兼焚《た》き火《び》用の竈《かまど》も作る。配置としては簡易小屋の入り口から向かって左右にリリーさん、アリサさんのテントが向かい合ってる状態になる。焚き火兼用の竈はそれらの中心の位置。『コ』の字配置……いや、焚き火を含めると『区』の字配置かな。『凶』でもいいけど。

それが終わると簡易小屋の中に自分の寝床を出す。はい、ベッドです。

野営とは何なのか？　いや、２人は私とはぐれた時のために色々自分でできないと困るけど、私は自分の能力だし。

そこまで終わったら最後にちょっと離れた位置に個室トイレを建造。私は使わないけどね。

土魔法で深く穴を掘ってその穴の周囲を囲う感じで四方に壁を作成、天井はなく上は開いている。そしてこちらも入り口に布を垂らす。離れてるといっても設営場所からすぐ見える所ね。でも臭《にお》いがしない程度の距離？　用を足した後にかける砂も土魔法で作って穴の横に盛っておく。拭くための紙は各自自分で持ち込み。便器までは作ってないよ、ちょっと面倒だし。おっと、念のため2つ目も作っておこう。朝に混むかもしれないし。

そんなこんなやっているうちにテントを立て終わった2人は薪拾《たきぎひろ》いへ。私はノルン達と留守番である。いや、王都にいた時の事件があるので、2人が私の単独行動を許してくれなくて……。ノルン達がいても駄目だそうです。

……筍《たけのこ》採りの一件も理由らしいよ。いいじゃん、ちょっとくらい。

なんて考えてるとノルンから冷たい目で見られていたので、軽く咳《せ》き込んだ振りをして誤魔化してみる。ちなみにベルは周辺を軽く回って警戒中。

一応の言い訳をさせてもらうと、今日はたまたま私が留守番ってだけで、薪拾いや他の担当作業は持ち回りだったりする。……まああくまで一応という事でしかなくて、私を薪拾いに行かせてはくれないんだけどね。私が担当の時はノルンが【アイテムボックス】に収納して、薪を拾ってきてくれるんだよね。

……みんな過保護過ぎだよ。

さて、2人が薪拾いに行ってる間に晩ご飯の準備でもしますか。

今日は移動中に角兎《つのうさぎ》が2羽獲れたので、その肉を使ってスープと串焼き肉。あと堅焼きパン。肉は【創造魔法】で熟成肉に変化させておく。堅い肉は食べたくないしね。ってなわけで魔導コンロを取り出して調理開始。

鍋をコンロの火に掛けて料理の準備が大体終わりという頃に２人が帰還。

２人が持って来た薪で火起こしして焚き火をつける。焚き火の火が強くなって安定する頃には鍋も温まっているので、各々串肉を焚き火で焼きながら晩ご飯開始。鍋のスープも各人好きなだけお代わりしていい。まあ大半はアリサさんが消費してくれるんだけどね。リリーさんは意外とほどほどで済ませる。食べ過ぎると眠くなっちゃうので不寝番の時に影響がでちゃうかららしい。アリサさんはそのあたりは訓練してあるとかなんとか？

私？　いや、私はノルン達がいるので普通に寝てるというか……。

……うん、なんだかちょっと申し訳なくなる。

まあそれがテイマーの利点といえばそうなんだけどね。利点《それ》は利点《それ》、心情《これ》は心情《これ》、って事で。

まあ一応『結界塔』も出してあるから、安全っていえば安全なんだけど。

◇

翌朝、身だしなみを整えて朝ご飯の準備をしているとノルンが勢いよく顔を上げた。敵襲？　追跡
【探知】【気配探知】【危険察知】の範囲内に侵入者確認、人が追われてる？　襲われてる？　追跡者は……ゴブリン15体！
「敵⁉　どっち⁉」

私がそこまで確認したところでアリサさんがテントから飛び出してきた。既に帯剣しており、片手にはガントレットを持っていて、装着しながらノルンが見ていた方向に向かって走り出す。それを追い越す形でノルンが駆け、追い抜いた後はそのまま先導していく。

「ノルンについていってください！　ノルン！　行って！」

声を掛け終わった頃にはアリサさんはもう見えなくなっていた。アリサさんがテントから飛び出したすぐ後からリリーさんのテントでもガサガサ音がしていたんだけど、ここでようやくリリーさんも出て来る。

「敵襲ですか⁉　どっちですか⁉」

「もうアリサさんが走っていきました。ノルンも一緒です」

「私も行った方が良いでしょうか？　それともベルちゃんが行きますか？」

「ベルに行ってもらいましょう。私達はここで待機で。ベル、お願い」

「わふっ！」

「了解です。でも私は一応周りを見てきますね。レンさんは探知系スキルで警戒しながらご飯の準備を進めててください」

え、私ご飯作っててていいの？　いや、やる事ないからありがたいといえばありがたいけど、緊張感あるようでないなあ……。なんか締まらないというか……。

あ、もうベルいなくなってる。こういうノルンが私から離れた時は、ベルが黙って残っててくれるんだよね、王都の森の一件以降。でも指示を出すとそれからの行動はとても早い。

　そのあたりはまだ落ち着きがないとでもいうのか、でもちゃんと待てができてるところをみるにノルンに色々と言い含められてるのか……。何にしてもありがたいやら過保護やら、でもそれが嬉《うれ》しかったりでちょっと複雑。


　それから小一時間ほど過ぎた頃にアリサさん達が戻ってきた。リリーさんも一緒で、女性を連れて。リリーさんとは戻ってくる途中で合流したらしい。

　連れてきた女性がゴブリンに追われていた人らしく、戻ってくる道中で２人が少し話をしていたみたいだけど、拠点に仲間《私》がいるので詳しくは合流してから、となっていたらしい。

　でも、その前に……。

「あっちの方に小川があるので、そこで汚れを落としてきてください。怪我の治療もありますし」

　うん、ちょっと臭いがね……？

　戻ってくる途中でアリサさんが掻《か》い摘《つま》んで聞いたところによると、ゴブリンの巣に囚われていたらしい。仲間も捕まっているとかで、ちょっと焦ってるようでもあったとか？

　でも変に慌てて移動するよりもしっかり準備とかした方がいい。それには腹ごしらえも含まれる。でも捕まっていただけあって、汚れとか臭いとか……その状態でご飯は、ちょっと……。それに治療もあるし。

　捕まってたし怪我もしてるので身体を洗うのはちょっと不安がなくもなかったけど、戻ってくる道中でリリーさんが【回復魔法】を掛けてたらしいので、体力的には多分何とかなるだろう。

身を清めて戻ってきたので私が『乾燥』を使ってサクッと乾かし、怪我の治療。まあ中級ポーションぶっかけつつもう1本飲ませれば完了ってなものである。

「なにこの効果……。これで、中級？　上級じゃないの……？　お金、払えるかな……」

うーん、この状況で吹っかけたりするつもりはないから、安心していいと思うよ？　私、性格が悪い自覚はあるけど、外道に落ちるつもりはないし。

さてこの女性、名前はネルというらしい。本職は魔導師だけど一応近接戦闘もそこそこできる、準魔法戦士っぽい感じだとかなんとか。見た感じ17〜18歳くらい？　もっと上？　下？　相変わらず女性の年齢はよくわからない……。

彼女達のパーティーは男性1名女性3名の全部で4人のハーレムパーティーで、ここへはゴブリンの調査にやってきたらしい。なんでもここ最近、私達が拠点にしている町でのゴブリンの巣の討伐数が異様に多いという事で、調査依頼が出ていたとか？

……え、私達のせい？

そこに巣があったから潰してただけだけど、別に狙って潰してたわけでは……いや、途中から狙って潰してたかもしれない。それに言われてみれば確かにゴブリンの巣、多過ぎた気がする？

「それで調査をしてる時に、かなりの数のゴブリンの集団に襲われて、捕まっちゃったのよ……」

ご飯を食べつつ話を進める。ちなみに綺麗《きれい》な服に着替えてもらってある。リリーさんの服を貸したらしい。

話を戻そう。

それで彼女達、調査中にいきなり奇襲を受けたとかで、何とか態勢を立て直して迎撃はしたものの徐々に押されて捕まってしまったのだとか。ただ、妙に統率が執れていたという事で、多分統率者がいる群れではないかと、戦いながら考えたのだとか。

それで実際に捕まって巣に運ばれてみれば、その規模の大きさに愕然《がくぜん》としたらしい。そして予想どおりに統率者がいた。ゴブリンロード、しかもかなり歳を経たと思われる、体格も大きめの個体。これは実際に会って確認したとの事。状況的には会ったというか拘束された状態で無理矢理会わされたというか……。

その後は部屋の一つに全員押し込められて、時折食事というか餌というか、そういうのを与えられて、見張りのゴブリンに気まぐれに殴られたりしながら脱出する隙を窺いつつ過ごしていたみたい。

そして、昨日の昼過ぎくらいの時間に何とか逃げ出す事に成功した、と。

装備は取り上げられたものの、彼女は予備の杖《つえ》を隠し持っていたのでそれを使って【幻術】スキルを駆使して脱出したとかなんとか。

【幻術】とはまたレアな……。いや、私も光・水・風魔法あたりを併用すれば似たような事できると思うけどね。……うん、今度練習して、可能なら【幻術】スキル習得目指してみようか。っと、話が逸れた。

脱出後も【幻術】を駆使しつつ何とか逃亡を続けていたんだけど、今朝方というかさっきというか、とうとう追っ手に見つかって絶体絶命、というところで私達が気付いてアリサさんとノルン、ベルに助けられた、と。

……相変わらずアリサさんは凄かったらしいですよ？　ノルンとベルはフォロー程度の動きだったっぽい。

「連中の巣はここから長くても半日か、そこまで掛からないかくらいの場所よ。廃坑を利用したものだと思う。かなり複雑に入り組んでて……でも問題は何よりもその規模。老齢のロードの群れだけあって、最低でも300以上はいると思う」

「ロード付きで、300以上……」

「って事はー」

「『軍団《レギオン》』ですね」

『軍団《レギオン》』というのは、ロードなどの君主系の統率者に率いられた同系統種族の魔物・魔獣の大規模な群れの事だ。魔物の種類にもよるけど、少なくとも概ね100体を超えるとレギオン認定される。

大抵の場合、歳を重ねたロードやその上位種のウォーロードなどに率いられている。歳を経た統率者だけあって群れの連携練度も高く、配下への能力補正値も高い。

ちなみに気を付けないといけないのは、あくまで高い指揮能力を持つ統率者に率いられた群れである、という点。仮に100や200を超える群れでも、ロードやジェネラルなどがいなければ単に大規模な魔物の群れとして分類されるらしい。

「……という事は、今まで私達が潰していた巣は全部、巣分けされた群れだった、という事でしょうね」

「でもそうなると、この規模の群れだし、どこかの町とかを攻め落とそうとしてたって事になるよー？」

「この近くの町となると……」

「……私達が拠点にしてる町、ですね」

魔物の群れも、レギオンほどの大規模になると人の集落に攻め込んでくる事が多々ある。それは村だったり町だったり、場合によっては城壁のある街や城塞都市であったりもする。そこまでの大事件が起きるとレギオン討伐のために騎士団が出てくる事になるんだけど、そこまでの事態になった状況というのは既に大勢が犠牲になった後、という事で……。

……今なら、私達だけでも奇襲で何とかならないかな？

何より時間がない。急がないとあの町が滅ぼされるかもしれない。そのレギオンの侵攻計画がどうなっているのかはわからないけど、ここには脱走した捕虜がいるのだ。そしてその捕虜への追っ手達は私達で皆殺し済みで、そいつらが帰ってこないとなれば予定を繰り上げて即座に侵攻を開始するかもしれない。ここからあの町まで知らせに戻って、更に救援を呼ぶような時間的猶予はおそらく、ない。

「ちょっと待って、貴女達《あなた》が潰してた巣って……もしかして貴女達がゴブリンどもの巣を潰して回ってたっていう凄腕の女性冒険者パーティー？　ゴブリンスレイヤーズって貴女達なの？」

ちょっと待った、ゴブリンスレイヤーズってなに⁉　何その物騒な名前は！　ゴブリンの巣を潰して回ってたのはそのとおりだけど、そんな呼ばれ方は初耳だよ⁉

「……巣を潰して回ってたのはそのとおりですが、その、ゴブリンスレイヤーズっていうのは、一体……？」

「え？　貴女達の事じゃないの？　あそこの町を拠点にして、ここ最近ゴブリンの巣を潰して回ってる、狼《おおかみ》を２匹従えた若い女性３人組の冒険者達って」

「……」

「……」

「……」

「……陰で勝手に渾名《あだな》で呼ばれてたのね。早めにパーティー名を付けた方が良いわよ」

そんな可哀想なものを見るような目で見ないでください、泣いてしまいます。

１４１　ゴブリンレギオン攻略戦　前編

なんだか微妙な空気になってしまったけど、話の続きに戻ろう。

「……リリーさん、戻って救援要請して、戦力が集まってからレギオン攻略、というのは……時間的に無理ですよね？」

「そうですね、町からここまでゆっくりですが片道２日掛かってますし、急いで戻るとしても丸一日は掛かると思います。それから近くの都市に応援を要請してその戦力が来て……普通にレギオンの方が動いて町がなくなる方が先ですね。レンさんがノルンさんに乗って近くの都市まで……うん、これも結局応援が到着するまで町が耐えられないでしょうし……」

ここでネルさんが提案してきた。

「町で迎え撃って防衛戦というのはどうかしら？」

「それは無理だよー。最低でも３００以上のゴブリンレギオン相手に、あの町で活動してる冒険者の数じゃ３日も持たないと思うー」

「それもそうね、私も装備がないし……」

それに実際に侵攻してくるとなると、レギオン以外の巣のゴブリン達も集まるだろう。

……こうして言葉にしてみると、思った以上に手詰まりな気がする。

となると、後は現有戦力でレギオン攻略。しかもなるべく早く。むしろ今すぐに。

「……私達だけで攻略するしかありませんね。それも可及的速やかに」

「やっぱりそうなりますか……今までどおり奇襲というか搦《から》め手《て》ですよね？」

「それ以外に勝ち目がないと思います。数的戦力差があり過ぎて正攻法じゃ無理です」

「やっぱりそうなるよねー」

「ちょ、ちょっと待って！　今から私達だけでレギオンに挑むっていうの⁉　私含めても４人しかいないのに⁉　そこの従魔含めても６人分よ？　馬鹿な事言ってないで、もっと現実的な方法を考えてよ！」

うーん、確かに普通ならそうなんだけどねぇ……。

「んー、何とかなるんじゃないですかね？　……多分」

「多分って……この戦力差じゃ死にに行くようなものでしょ⁉　自殺行為よ！」

「まあまあ、町に戻ってもどうせ負けるんだし、ここはとりあえずやってみるという事でひとつ……」

「そうそう、やってみないとわからないよー？　最悪の場合には誰か１人は逃がすって感じになると思うけどねー」

「ちょっと軽過ぎるわよ貴女《あなた》達⁉」

気を張り過ぎても仕方ないと思うけど、まあ実際軽いよねえ、私達……。でも実のところ、やりようはいくらでもあると思うんだよね、手間が掛かるとは思うけど。

……と、そんなわけでゴブリンレギオンが住み着いているという廃坑の近くまでやってまいりました！　いや、近くっていってもそこそこ離れてるんだけどね。少なくともここから巣の周辺は目視できないし、あっちからも気付かれない程度には距離がある。

とはいえ、ここに来るまでに既に斥候というか見回りのゴブリンを10匹くらい倒してるんだけど。

でもって現在は木陰に隠れて作戦会議中。

「……どうですか、レンさん？」

「入り口は5ヵ所、それぞれに見張りが2匹ずついます。その周辺には特に見張りはいませんね」

んー、意外と少ない？　となると巣の中にみっちり詰まってるのか……楽といえば楽だけど、面倒といえば面倒だなあ。

え？　巣が目視できないくらいに離れてるんじゃないかって？　あー、そこはあれですよ。偵察を『飛ばしてる』んだよ。

具体的には『飛行型偵察ゴーレム《ドローン》』を。

魔導甲冑《かっちゅう》を作った時についでに偵察用に作っておいたんだよね、こんな事もあろうかと！　そう、こんな事もあろうかと！　大事な事なので二度言いました！　もっと褒めてもいいんだよ？

構造的にはローターと風魔法で揚力を得る感じになってて、ローターの回転音も風魔法で消して、機体全体を空色に塗る事でパッと見は気付かれないような感じになってたりする。

で、その『飛行型偵察ゴーレム《ドローン》』にカメラっぽいものを取り付けて、ゴーレムに対して【ゴーレム同調】スキルを使う事でそのカメラの視界を私の脳内映像として認識する。

視界が2つあって慣れないと酔いそうなところだけど、そこは【マルチタスク】の効果で特に何も問題なく運用できる。

問題があるとすれば燃費が悪過ぎて『飛行型偵察ゴーレム《ドローン》』の長時間運用ができない事。大体30分で充填したMPが切れる。

やり過ぎ？　うん、さっきこのゴーレムを出した時、リリーさんに呆《あき》れられたよ。アリサさんはいつものように思考放棄してたし、ネルさんには変なものを見る目で見られた。一応口止めはしておいたけどね。

さて、次はどうやってゴブリンレギオンを攻略するか、か。でもまずは……。

「周辺を巡回しているゴブリンは全部で20匹といったところですね。こっちはノルンとベルに行ってもらいましょう……ノルン、お願いしていい？」

無言で頷《うなず》いて無音で走り去っていく2匹……草の擦れる音もないとか、こっわ。あれってやっぱりスキルと風魔法の併用かな？

ともあれ、これで事前準備は良し、と。

「では、ノルン達が戻ってくる前に作戦を詰めましょう」

「そうだねー……っていっても、いつもどおりだよねー？」

「ええまあ、そのとおりなんですが……今回は初参加の人もいますので、説明は必要かと」

「なるほどー、確かにー」

アリサさんと話してると、なんか変に力が抜けるなあ……。

「えーと、今までの巣の攻略の時と同じように、巣の中のゴブリンを全て無力化してから突入し、手作業でトドメを刺していく事になります。巣の中のゴブリンは全て無力化されてるので反撃はありませんが、とにかく時間が掛かりますので覚悟してください。特に今回はレギオンという事で文字どおりに今までとは数が桁違いですし」

「ちょっと待って、無力化？　無力化ってなに？　巣の中のゴブリンを全部無力化する方法なんてあるの!?」

ここでまたしてもネルさんから声が上がった。

「あ、もう少し声は小さくお願いします。一応風魔法で遮音はしてありますが、ここはもう巣の近くですので……で、質問の答えですが、いくつかあります。効果に関しては今までの巣の攻略成功率が100%という点を鑑みていただければ」

「……なるほど、流石《さすが》ゴブリンスレイヤーズと言われるだけの事はある、と」

「ちょっとネルさん！　その呼び方やめてください、割と本気で！」

「あ、ごめんなさい」

リリーさんが結構強い口調でネルさんに苦言を呈している。やっぱりリリーさんも嫌だったんだね……。

いや、私も本気でやめて欲しいけど！　っていうかゴブリンスレイヤーズって、女子だけのパーティーの呼び名じゃないから！

「でも、実際はどの方法でいくのー？　今までの方法はどれも無力化はできても他の問題がなかったわけじゃないでしょー？」

「そうですね。今までの火攻め水攻め氷攻め電流攻め等々、どれも寒いだの臭いだのと不評でしたし、なにより今回は捕まっている人達もいますので、その人達に影響が出ない新しい戦法を考えました」

「レンさん、いやな予感しかしません……」

「大丈夫、今回はとても自信があります！　問題はトドメを刺す手間と、死体の回収の手間だけです！」

「それって全然大丈夫じゃないと思います……」

「体力的な問題なら大丈夫です。こちらに疲労回復ポーションを用意しました！　とりあえず一人あたり10本あります！　なくなったら言ってください、追加支給します！」

ね、対策はばっちりだよ！　やったねリリーさん！　だからそんな遠くを見る目をしなくていいんだよ？

そうこうしているうちにノルン達が戻ってきた。死体はノルンが【アイテムボックス】に回収済みらしい。完璧だね！

ではゴブリンレギオンの巣の攻略といきますか。

まずは廃坑への入り口の見張りを全て倒す。これは中に連絡されないようにタイミングを合わせて一瞬で終わらせないといけない。

ネルさんにはひとまずここで待機してもらって、5ヵ所の入り口に私、リリーさん、アリサさん、ノルン、ベルがそれぞれ向かい、同時に見張りを排除。

タイミングを合わせるためにリリーさんとアリサさんに懐中時計を渡しておいた。後々何かに使う事もあるだろうから懐中時計はそのまま持っていてもらう事にした。

ノルンとベルには私が【従魔同調】でタイミングを指示。

見張りの排除が済んだ後は、ノルンに大急ぎで私が担当した以外の3ヵ所の入り口を塞いでもらう。これはいつもなら私が土魔法でやっていた事だけど、ノルンには今回氷魔法でやってもらった。ベルは出力に不安があるので今回はなし。そして残った1ヵ所はリリーさんの担当。

ノルンは流石フェンリルだけあって問題なく入り口を塞ぐ事ができ、リリーさんの方もMP回復ポーションを渡しておいたし、私が以前作ってあげた指輪の効果もあって何とか塞げられた模様。


次はいつもの巣の攻略時にやっているのと同じ要領で【解析】を使って廃坑の構造と中に居るゴブリンの数を調べる。

おー、いるわいるわ。

雑魚ゴブリンの数、実に470匹。

他には魔法《スペル》スキル持ち《キャスター》が35、ホブゴブリンが同じく35。

更に上位種のゴブリンジェネラルが2、そして最後にゴブリンロードが1。しかもこのロード、より戦闘指揮向けのウォーロードだった。考え得る中で最悪の統率者だ。でも最悪の相手とはいっても、なんとかするしかないんだけどね。

総数は543匹。多めの予想の更に2倍近い数だったよ。食料の確保とかどうなってるんだ、これ……。

廃坑の構造は思ったよりも複雑ではない感じかな？　割と規則的に掘り進めたというか、無計画に掘りまくったという感じではない。でも行き止まりだった所とか、いくつか坑道横を掘り広げて小部屋っぽくして居住スペースにしてるようだ。

一番奥まった所が一番広くなってて、そこがゴブリンロードの部屋。お宝っぽい反応もある。

捕虜が捕まってる部屋は2ヵ所で、それぞれ5人程度捕まっている。……いや、捕まって『いた』。片方の部屋は生存者5人なんだけど、もう片方の部屋の方が生存者2人と……死体が3体。……やるせない気持ちで一杯になる。駄目だ、落ち着け、落ち着け、落ち着け……。

……ああ、何でこんなに簡単に落ち着くんだ。逆に嫌になる。いや、そうじゃない。今やる事を間違うな。

さて、情報は揃《そろ》った。後はいつもどおり私が敵を無力化するだけだ。

というわけで取り出しましたのは上級の『睡眠ポーション』。以前の暴行未遂事件後に、私が不眠症になってしまった時に使っていたモノの超強力版になります。

で、これの蓋を開けて、中身に対して【創造魔法】を使って気化させまして、それを風魔法を使って洞窟内へと送っていくわけですね。

こうする事で廃坑内のゴブリンどもを全て深い眠りに落とす事ができるわけです。

ちなみにこの風魔法で毒を送る手法、おそらく以前の私への暴行未遂事件の時に犯人達が使っていた方法と同じだと思われる。

後々になってからあの時の状況を振り返ってみると、犯人達が出てきた方向って風下だったんだよね。私、あの時ちゃんと風向きとか気を付けて行動してたんだよ。だけど連中は『風上から毒を流した』と言っていた。でもそれでは実際の風向きと矛盾するし、風上から流した程度では毒は霧散して効果は著しく下がるはずだ。

それで色々と考えて試してみた結果がこの方法だった。実際にやってみたら普通にできたし、多分これで間違いないと思う。

私個人としては嫌な記憶しかない技術だけど、有用であれば使う事に躊躇《ちゅうちょ》はしないのだ。うん、私大分立ち直ってる。私、強い子！

睡眠ポーション改め睡眠ガスの効果は【解析】に【探知】と【気配探知】のあわせ技で確認できる。ゴブリン達の状態が変化していくのがわかるのだ！

あとは廃坑内の全てのゴブリンが睡眠状態になるまで延々と睡眠ガスを流し込むだけ。いやあ、楽チン楽チン！

そんな事をしているとリリーさん達がネルさんを連れて合流してきた。

「……アリサ、レンさんがまた何か突飛な事をしている気がするよ」

「だいじょーぶだよリリー、いつもの事だよー！」

「そうだね、いつもの事だね……はぁ……」

うん、毎度恒例の酷い事を言われてる気がする！

「一体何をやってるの？」

「何をどうしてるのかは秘密ですが、中のゴブリンを全部眠らせてます」

「……全部？」

「はい、全部」

「全部……」

「ネルさん、この人のやる事をいちいち理解しようとしちゃ駄目だよー」

「そう……そういう人なのね……わかったわ……」

わかられた！　わかられちゃった、私！

「それで、あとは眠っているゴブリンどもにトドメを刺していくのよね？　私、武器がないんだけど……」

あー、そうだったね。

なら何か貸してあげようか。

「それでしたらこちらをお貸ししますので、どうぞ使ってください。リリーさんとアリサさんにも、はい」

というわけで鞄《かばん》から出す振りで【ストレージ】から片手剣を3本取り出す。いや、ネルさんがいるからね。念のために注意しておかないとね。

「あれー？　リリーはまだしも、私にもー？」

「はい。寝てるゴブリンのトドメを刺すだけで『フェザー』を汚すのも嫌でしょう？」

「あー、それもたしかにそうだねー」

「それにこれは切れ味が落ちないようになってますので、血糊《ちのり》とか気にしないでも大丈夫です」

うん、実はこの3本の片手剣、水魔法の掛かった魔剣なんだよ。属性剣じゃないからね、魔剣だからね。

具体的には魔鋼製の名剣をベースに【水属性LV2】【風属性LV1】【氷属性LV1】【攻撃強化LV2】【耐久強化LV5】、そして常時発動型のウェポンスキル【村雨】が付いてるのだ。【村雨】の効果は『常に刀身が水気を帯びていて血糊で切れ味が落ちなくなる』というもの。いや、今までのゴブリンの巣の攻略でトドメ刺して回るのが大変だったから、ちょっと専用に作ってみたんだよ。念のために予備も含めて4本作っておいて助かったね。名前を考えるのが面倒なので無名のままという適当っぷりだけど。

「あと、こちらの布で口元を覆ってください」

んで、最後がこれ。【毒耐性LV5】が付いたスカーフ。これで口元を覆っておく事で睡眠ガスを無効化して廃坑内で行動できるという寸法。実際には身体の何処《どこ》かに結び付けておくだけでも効果はあるんだけど、一応口元を覆っておいた方が効果が高くなる。

え？　ノルン達？　大丈夫大丈夫！　ノルン達は既に【毒耐性】持ってるから！　というか、私が持ってる【毒耐性】スキルを【技能付与】スキルを使って貼り付けた！

……いや、魔導甲冑を作ってる時にノルン達の毒への対策を何とかできないかなーって考えて作ったのがさっきの対毒スカーフなんだけど、ノルン達が身につけるのを嫌がったんだよね。

あんまりにも嫌がるものだから私もちょっとキレちゃってね……ノルン達のためを思ってるのにー！　って。

で、勢いでノルン達自身に対して【技能付与】使ったら何事もなく【毒耐性】スキルがくっつきましてね……。

愕然《がくぜん》としましたよ。

『任意の対象に自身が持つスキルを付与する』って、生物にも使えるのかよ！　ってね。

いや、流石固有《ユニーク》スキル。【創造魔法】があまりにもトンでもない性能だったから忘れがちだけど【技能付与】も【魔法付与】も【創造魔法】と同じレアリティなんだって事を忘れてたというか、それに気付かないで効果が下だと思い込んでいたというか……。

うん、これはばれたら色々まずい奴その2だ！

でも有用性が恐ろしく高い事だけは確かだったので、とりあえず魔力制御系のスキルを一通りノルンとベルにコピーしておいた。

ベルは色々加減とか利かなくなったりしても困るので、低レベルで。ノルンはほどほどな感じで。ノルンは流石にすぐに慣れたのでやはり私の女神は凄いのであった。でもベルはかなり手こずっていて、今でもまだ完全には使いこなせていないので【技能付与】を使った促成育成はあんまりよろしくないっぽい。

それとこっちはまだ試してないんだけど、多分【魔法付与】を使えば適性を持ってない相手にも属性魔法を習得させる事ができると思うんだけど……私、属性魔法って全部ＬＶ10なんだよね……。

ちなみに【創造魔法】とかの固有《ユニーク》スキルは流石にコピーは無理でした。あとは【ストレージ】も無理。ただ【ストレージ】はコピーできなかったけど代わりに【アイテムボックス】が貼り付けできた。つまり【ストレージ】は何らかの方法で進化した【アイテムボックス】だった……？　というか私って【アイテムボックス】持ちを量産できるの……？　ちょっとまず過ぎない……？……。

よし、これはリリーさん達にも秘密にしよう！　絶対に！　私はあの日、そう固く誓ったのさ

って斜めに逸れまくったね。

「なにこの剣……魔剣……？」

おっと危ない、またネルさんに釘《くぎ》刺しておかないと。

「入手経路は秘密です」

「そう……わかったわ。ちなみに、譲ってもらえたりは……？」

「代金、払えます？」

「……無理ね。……ああー！　もう！」

まあ売る気はないけどね。なんてやっているうちに廃坑内のゴブリンが全て眠りについたみたい。

さて、ゴブリンレギオン攻略といきますか！

142　ゴブリンレギオン攻略戦　中編

「ぐさー！　ぐさー！」

「アリサ、うるさい」

「もう飽きたよぉぉぉぉぉ」

「黙ってトドメ刺して！」

「飽きたあぁぁぁぁぁぁあああ！」

「ねえ貴女達《あなた》、ゴブリンどもが絶対に起きないってわけじゃないんだから、静かにね？　……助けてもらってる立場の私が言う事じゃないと思うけど」

「ほら、怒られちゃったでしょ!?　アリサの馬鹿！」

いやー、賑《にぎ》やかデスネ？

そんなわけで廃坑に突入したのですが、1時間も過ぎるとアリサさんがぐだぐだし始めました。

まだ分岐2つしか終わってないんだけど……。これ、終わるまであと何時間掛かるんだろうねえ？

あ、ちなみにだけどゴブリン達が起きないように入り口にはゴーレムを配置して、睡眠ガスを流し込むお仕事をやってもらってたりするので、多少騒いでも雑魚ゴブリンが起きる事はないと思われます。多分。

同調状態だとゴーレム経由で多少はスキルが使えたりするんだよね、実は。なので睡眠ポーションの気化は問題なくできるのだ。

「それにしてもこの剣、本当に凄いわね……これだけ首を斬っても全然切れ味が落ちないとか、本気で欲しくなるわ。……お金ないけど」

わはー。割と適当にサクッと作った魔剣だけど、性能とかはちゃんと考えて作ったからね。まあ、売らないけど。

「ほらアリサ、十字路だよ。左右どっちに行くの？」

「レンさーん、どっちがどっちー？」

「左右どっちに行っても大部屋です。それぞれざっと20～30匹くらいずつですね」

「じゃー、私右行くー。ベルちゃんも行こー！」

「なら私は左に行きますね。ネルさんは私と一緒に来てもらっていいですか？」

「私は構わないけど……この子はどうするの？」

「レンさんはノルンさんとここで待機です。警戒お願いしますね」

「了解です」


うーん、先に進んでしまいたい。いや、進まないけどさあ。ほら、筍《たけのこ》採りの件で怒られたし……流石《さすが》に学習したよ。

あー、でもまったく何もしないのもなんか嫌だし、ここに『結界塔』を置いておこうか。でもって灯りをつける。

うん、明るくなった。ついでに結界も発動しておけば奥からゴブリンが逃げる事もなくなるかな。

一応ここまでの通路にも一定距離ごとに魔法のランタンを壁に括り付けながら進んできたので、後ろを振り返っても道が照らされてたりする。

こんな事もあろうかと！　量産しておいたのさ！　魔法のランタンを！

……みんなまだ戻ってこないな。んー、捕虜を助けたら首狩り作業を手伝ってもらった方が時間短縮になるかな？　よし、【村雨】付きの魔槍でも作っておこう。短槍の方が取り回し利くかな、廃坑内だし。

ちまちま作業をして、魔槍が2本完成した所で皆が戻ってきた。いいタイミングだ。

「ただいまー、ホブが2匹とジェネラルがいたー！」

「こっちはシャーマンっぽいのが何匹かいました」

「ただいま……って明るい！　なにこれ!?　あ、これって灯りが点《つ》くのね？」

「おかえりなさい。ちゃんと点きますよ」

あー、リリーさん達は何度か見てるから慣れちゃってるけど、ネルさんは初めて見るのか。というかちょっと離れて戻ってきたらいきなり明るくなってて、しかもいつの間にかこんな大きめの置物が増えていたら驚くのも当然といえば当然か。

「……随分とたくさん入るマジックバッグなのね」

「そうですね」

「しかもそれが更に3つ……一体どこで手に入れて……ごめん、なんでもないわ」

詮索しないでくれるのはありがたい。まあこの状況で変に詮索して私達に見捨てられるのは困るんだろう。

あ、マジックバッグが更に3つっていうのは、リリーさん、アリサさん、ネルさんに持たせた私の自作のマジックバッグね。

ほら、ゴブリンの死体回収係、私とノルンだけだときついから、前々から準備しておいたのを貸したんだよ。私は【ストレージ】があるからいいけど、2人はね……。

リリーさん達にはこのまま貸しっぱなしでもいいかなーとも思わなくもないけど、どうするかなあ？ ちなみにベルには【アイテムボックス】付与済み。というかベルを相手に実験して【アイテムボックス】持ちを量産できる事が判明したので……。まあ【ストレージ】と【アイテムボックス】では色々使い勝手が違うんだけどね。

【ストレージ】と【アイテムボックス】の性能の違いは、基本的なところだと容量の差と時間経過の有無。

【ストレージ】は容量無制限、収納物の時間経過なし。更に収納物1個あたりのサイズにも制限がない。

【アイテムボックス】の容量はスキルレベルによって増加、時間経過もレベルが上がる事で遅くなっていく。ただしマスターレベルの10になっても完全に時間経過しなくなるという事はないし、収納物1個あたりのサイズにも制限がある。ちなみにサイズ上限は1トンくらいだった。

更に【アイテムボックス】は収納時に対象物に触れていないといけない。【ストレージ】の場合は目視して収納する事をイメージすると収納が可能。距離は慣れによって若干延びる。私の場合は大体50ｍまでは遠距離収納が可能。自分の所有物なら頑張れば２００ｍくらいまではいける。

……ちなみに【ストレージ】も【アイテムボックス】も他人の持ち物は入れられないので、これらのスキルや魔法の鞄《かばん》を使った窃盗は不可能だ。ただし所有権の判定がどうなっているのかは謎である。

んー、まだ他にもなにか性能差がありそうな気がするんだけど、比較実験する時間がないんだよなあ。

などとつらつら考えながらも攻略は進んでいく。

通路にランタンを掛けながら坑道を進み、途中の分岐や十字路では先ほどと同じように私が残って、他の3人と1匹がそれぞれ分かれた先の掃討に行って、と繰り返す。

合間合間の待機時間で予備の魔槍や魔剣をちまちま作ったりして時間を潰しつつ、ゴブリンの虐殺は順調に進む。

「事前に内部構造がわかるって凄い便利ね。一体どんなスキルなのかしら……？」

ぐあー、ネルさんがまたしても私の能力に興味を持ってしまっている！　ぶっとい釘《くぎ》は何度も刺したけど、大丈夫かな……？　命の恩人だし、仲間の命も助けてもらえるわけだし、べらべら吹聴して歩いたりはしないと思いたい。

「ネルさん、くれぐれもー、だよー？」

「……わかってるわ。恩人だもの」

おお、アリサさんがイイ笑顔で脅してる。ぐっじょぶ！

「あ、ここを右に行った先に捕虜がいますね。５人……ですね」

「５人⁉　ならそこに私の仲間達がいるはずよ！　急ぎましょう！」

「あわてなーい！　慎重にー！」

「っと、そうね。慎重に……」

んー、何気にアリサさんがネルさんに牽制《けんせい》しまくったり注意しまくったりしててとてもいい仕事をしておられる。いつも思考放棄してるイメージが強いんだけど、こういう細かいところでは凄い気が利くんだよね、アリサさん。そんなところが好き。でも、できれば平時ももうちょっと頭を使ってください。


道中、眠りこけてるゴブリン達の首を刺したり刎《は》ねたりしながら道なりに進んでいくと、行き止まりに扉が見えた。扉の左右で眠っているゴブリン２匹にトドメを刺しつつネルさんに視線を向ける。

「ッ！　この扉、見覚えがあるわ……！　間違いない、ここよ！」

やっぱり当たりか。

「中にゴブリンはいませんが、警戒は怠らずに」

「わかってるわよ……！」

ネルさんがゆっくりと扉を開ける。罠《わな》を警戒してるのだろう。とはいっても罠、ないんだけどね。

【解析】で罠の有無もわかるんだよねー。マジでチートだわ、これ。もし今後ダンジョンに行く事があっても攻略はヌルゲーになりそう……。

「……みんな、無事!?　助けに来たわ！」

いや、捕虜もみんな寝てるから、起こさないと駄目だよ。全員で手分けして捕虜になっていた人達を起こしていく。

あー、でもこれ、外に連れて行く時にまた寝ちゃうかな？　大丈夫？　無理？

そんな事を考えながら介抱していると1人が目を覚ました。

「……ネル、か？　助けに……？　随分早かったな……」

「ええ、運良くこの人達に助けられて……」

「詳しい話は後にして、一旦外に出ましょう」

「そうね！　肩を貸すわ、立てる？」

「すまん……」

目を覚ました男性1人にはネルさんが肩を貸して連れて行くとして、後の眠ったままの4人は……。

「私とリリーで1人ずつ連れて行くよー」

アリサさんがそう言いながらネルさんの仲間と思《おぼ》しき女性を担ぐ。リリーさんもそれに倣って肩を貸して立ち上がらせる。どうやらそっちの2人も朦朧《もうろう》としながらも意識が戻ったらしい。

ふむー、じゃあ後は少女1人と少年1人か。こっちの2人は服装を見るに攫《さら》われた村人か何かかな？　こっちはノルンとベルにお願いすればいいかな。私は……まあ、非力なので……。


助けた捕虜達を連れて一度外に出て、そこでちゃんと介抱する事になった。見回りに出ていたゴブリン達が戻ってきてないか、ノルンとベルが周辺に巡回に駆けて行く。

……いつも気が利くよね、あの子達。ホントありがたい。好き。

さて、土魔法で軽く陣地形成。簡易小屋を作り、中に簡易寝台も作ってそこに寝かせて、水を飲ませて携帯食料をゆっくり食べさせる。

衛生状態も良くないので『洗浄』を掛けようとしたところで、ネルさんが先に『洗浄』を全員に使った。

へー、『洗浄』使えるんだ……。ネルさん何気に凄い優秀だな。

しかも効果が高い。しっかり汚れが取れている。垢《あか》と、服の汚れと、汚物と。さては私と同じで色々と研究した人だな？

私も前に色々研究したんだよね。その結果、『何を対象の汚れとして指定するのか』をきちんと定める事で、しっかりと汚れを落とせるようになると判明したのだ。

そのあたりをしっかり指定しないで適当に使ってると、よく言われる『「洗浄」は誤魔化しくらいにしかならない』って効果しか得られないっぽい。他にも効果範囲なんかは想像力次第のところもある。あとはつぎ込むMPの量とかだね。

私は他にも応用は色々思いついたので【マルチタスク】に割り振っていくつかの効果を常時使用してたりする。具体的には『体表面を常時清潔に保っているので垢も付かないし、汗をかいてもすぐ綺麗《きれい》になる』『膀胱《ぼうこう》内と直腸内に常に使っているので排便の必要がない』『産毛の処理』とか、他にも色々。マジで便利なんだよ。

でもって最近気付いたんだけど、これで毒も無効化できそうな気がするんだよね……。基礎魔法である【生活魔法】の一つなのに汎用性高過ぎてちょっと笑えない。いやいや、どんなスキルも応用次第では化ける事もあるって事か。

そんな事を考えていたら、リリーさんとアリサさんがちょっと驚いた様子で呟《つぶや》いていた。

「レンさんに近い効果……」

「なにか、なにかコツがあるんだよー、多分……」

あー、まあ、珍しいしね。効果が高い『洗浄』の使い手って。

そうこうするうちに手当てなどの諸々が一段落付き、ようやく話ができる状態になった。

「すまない、助かった……」

「みんな無事で良かった……！」

そこからは状況確認と情報共有タイム。といっても私は見てるだけで、基本はネルさんが話して聞かせてリリーさんが補足する形だ。いや、私達の徒党《クラン》の実質的なクランマスター《リーダー》ってリリーさんだからね！

ほら、私は最年少だし、アリサさんは思考放棄しがちだし、消去法で結局リリーさんがリーダーになったんだよ。ぶっちゃけ面倒臭いから無理矢理押し付けたともいう。

でも真面目な話、私のやらかしを止める、上の立場の人が欲しかったというのもある。筍採りの一件の時の説教も、クランマスターとしての責任と義務でもあったりしたのだ。

いやあ、真面目な顔で頑張ってるリリーさんは可愛いなあ、ほっこりする。え？　真面目にやれ？　私はいつだって真面目ですよ？

「なるほど、彼女達が噂《うわさ》のゴブリンス……」

「ああ？」

「……」

「……」

「……」

「……」

……リリーさん、こわっ！　え、もしかしてこれが素だったりしないよね……？

「コホン。それはあくまで勝手に付けられた渾名《あだな》なので、やめてください」

「重ね重ね、すまない……」

「気を付けてくれれば大丈夫です。ええ、気を付けてくれれば」

「……了解した。それで、俺達もレギオン攻略というか、掃討というか、トドメを刺すだけの作業というか……それを手伝わせてくれないか？　俺達の取り分とかは別にいらないから、どうか頼む」

「それは構いませんが……いいんですか？」

「ああ、このままじゃ収まりが付かない」

「なるほど……レンさん、どうします？」

「私は別に構いませんけど……武器もないのにどうするんですか？」

「あ」

「あ」

「……」

「……」

「……」

「……」

「……貸しましょうか？」

「……頼めるだろうか」

なんか締まらないなあ。まあ念のため貸し出し用の魔槍作ってたし、別にいいけどね……。

143　ゴブリンレギオン攻略戦　後編

助けたネルさんのお仲間達がある程度動けるようになったところでゴブリン駆除作業再開だ。

ちなみに、一緒に助け出した村娘っぽい子と少年は近くの村に住んでいる子達だった。子供達だけで遊んでいるところを襲われて、逃げ遅れた子達と数人が攫《さら》われたらしい。一緒に攫われた他の子達はおそらく別の部屋の方にいるんだろう。……でももう一つの捕虜部屋の方、既に死んでる人もいるんだよな……大丈夫かな……？

この子達の護りにはネルさんのお仲間の女性2人が付く事になり、駆除作業に参加するのは男性1人だけだ。

そんなわけで追加で槍《やり》を貸して、首をさくさく刎《は》ねる作業に交ざってもらったんだけど……。

「……なんというか、完全に作業だな、これは」

「そうなのよね……借りた武器の切れ味が凄過ぎて、トドメを刺してるっていう実感も薄いし」

「相当深い眠りに落ちてるんだろうな、まったく起きる気配もない……だというのに俺達にはその影響がまったくなく、一方的に狩れる……まあ、俺達が眠らないのはこのスカーフのお陰なんだろうが」

そこでちらりとこっち見るのやめてくださいね。私、一応命の恩人なんですから、恩を仇《あだ》で返すような真似はしないでくださいねー？

「ラッド、駄目だからね？」

「わかってる、恩を仇で返すような真似はしない……むしろお前の方が微妙じゃないか？　興味が湧くと割と止まらないだろう？」

「それは自分でもわかってるわよ。でもだからこそ絶対馬鹿な真似はできないわ……目先の欲に駆られて、これだけの実力者達と縁が結べた幸運を捨てるような馬鹿になるつもりはないわよ」

「そのとおりだ……というわけで、聞いていたと思うがそのあたりはちゃんとするから心配しないでくれ」

おおう、盗み聞きしてたのばれてーら。

まあ普通にばれるか、一緒に行動してるわけだし。

「しかしこの剣、凄まじいな……これだけ首を刎ねても全然切れ味が落ちない」

「こっちの槍もよ……」

お褒めにあずかり恐悦至極！

うん、割と普通に凄い武器だと思うよ、我ながら。私の価値観大分ずれてるけど。ちなみに私の作った武器を貸し出してるのにもちゃんとした理由がある。主に効率的な問題で。

いや、これまで虐殺したゴブリン達もそれなりに武器持ってたから、それを使ってというか使い捨てしながら次々にトドメを刺していけば良いと思うじゃん？　でもそれだと、色々効率が悪いんだよ。

そもそもゴブリンに武器の手入れなんてまともにできるわけないので、切れ味とか最悪なのね。で、そんな切れ味の悪い武器でトドメを刺すとなるとギコギコやらないと切れないわけ。そんな事をやってると当然すぐ疲れる。それにそんな悠長にやってたら痛みでゴブリンが起きてしまう可能性も出てくる。

そこで私謹製の【村雨】付き魔剣と魔槍の出番である。

これらを使えばゴブリンが痛みを感じる間もなくサクサクと首を狩れる。しかもそれだけ簡単に切れるならやる側の疲労も軽いし、ゴブリンが目を覚ます暇もなく殺せる。首を刎ねれば連中が声を上げる事もできない。血が噴き出る？　それだけは諦めてもらうしかないのが唯一の欠点かな。

ちなみにネルさんが使ってた剣をラッドさんが、新しく出した槍をネルさんが使ってたりする。

ラッドさんは剣士で、ネルさんも本来棒術の使い手なので槍も扱えるんだとか。

「正直少し……いや、かなり欲しい。金が払えればあるいは、だったか？　しかしその金がなぁ……今回捕まって武器も奪われたし、戻ってから新たに買い揃《そろ》えるとなると、貯めてた金がかなり減るよな……」

「……むしろほとんどなくなるんじゃない？　はぁ……」

「だよなあ……はぁ……」

うーん、少し考えればわかる事だけど、クエスト失敗からの立て直しはお金が掛かるからなぁ。

……魔物に捕まって奪われた装備等に関しては、助け出した他の冒険者等に所有権が移るのだ。

今回の件でいえばこの攻略が終わった後、ゴブリン達に奪われていた彼らの所持品の所有権は私達の物となる。勿論《もちろん》彼らにはそれらの返還要求をするなり買い取りするなり交渉する権利もある。でもそれに応じるかどうかはこちら次第。返さずに売って資金にするも良し、彼らに買い取らせるも良し。

ちなみに今回の場合駆除作業に手を貸してくれているけど、それはあちらから無償で、という条件で申し出て来た提案を受けた形なので、仮に交渉になった際には考慮の対象にはならない。まあ、そのあたりもこちら側の裁量次第ではあるんだけど。仮にそれを貢献として見た場合でも、そもそも作業用に武器まで貸し出してるので差し引きはゼロだろう。

でも実はもうそのあたりの事はリリーさん達ともこっそりと話し合っていて、彼らの装備を取り戻せた場合は全部返してあげるつもりでいたりする。

私の能力や持ち物などについて口外しないようには言ってあるし、何度も念を押したけど、念には念を入れて更に恩を押しつけよう、という作戦だ。彼らは義理堅い性格のようだし、効果はかなり高いだろう。

正直なところ、私達は装備品には困ってないし、資金にも余裕がある。であれば、ここで義理堅そうな冒険者達に恩を押し付けて縁を繋《つな》いでおくのは悪い手ではない。忘れがちになるけど私達はまだ駆け出しに近い新人なのである。悪目立ちしていい事なんて何もない。

既に遅い？　ああ、うん……でもソロで悪目立ちしてた最初の頃と違って、今はパーティーを組んでるから、前提が違うんだよ。何気にリリーさんとアリサさんって新人の中ではそれなりの実力者として知られているらしいんだよね。2人は王都で冒険者を始めてからあっという間にDランクになったとかなんとか……？

2人がハルーラでウェイトレスをやっていた時期は王都で名前を聞かなくなっていたので、当時王都周辺で活動していたネルさん達は2人が活動拠点を別の場所に移動したのかと思っていたらしい。

ちなみにネルさんは追っ手から助けられた時にアリサさんの変態戦闘機動を見ていたので、レギオンを攻略するなんて話になった時は力押しでゴリゴリいくのかと思っていたみたい。

ネルさんに詳しく聞いたところによると、王都ギルドでは期待の新人という事で2人の名前を聞いていたらしく、実際に目にしたその実力が想像や噂《うわさ》よりもずっと上だったのだな、と思ったそうだ。だからゴブリンスレイヤーズの名声も2人の実力があってのものだろう、と。

……ゴブリンスレイヤーズが名声？　悪名じゃないの？

ところがどっこい、いざ蓋をあけてみればもう1人のメンバーがやる事なす事想像の斜め上をいく事ばかり。ポンと貸してきた武器はとんでもない性能の魔剣だし、大容量のマジックバッグも複数持ってるしと驚く事ばかり。しかもそれらをやっているのはリリーさん達よりも年下の小さい女の子。小さいは余計だ！

ゴブリンスレイヤーズとは一体……？　となってるのが現状らしい。さもありなん。

そうして私に送られてくる事となった熱い視線。魔剣もマジックバッグも冒険者を続けていくなら便利だもんね、でも売らないよ。

はてさてともかく、そんなわけで彼らの装備は返してあげる予定なのである。調子に乗られても困るのでレギオン攻略が終わるまでは黙ってるけど。

そんな問答をしながらも攻略は進んでいき、２つ目の捕虜部屋に辿《たど》り着いた。

中の確認はリリーさんとネルさんとネルさんのお仲間のラッドさんにお願いした。アリサさんは通路の先へ先行偵察に走っていった。まあ、ざくざく切りまくってるんだろうけど。

「……酷いな」

「来るのが遅かったわね……」

そう、こちらの捕虜部屋に囚われていた人達は既に３名亡くなられているのだ。そしてゴブリンに囚われるという事は食料にされるという事でもある。つまり、犠牲者達は既に食い散らかされていて、酷い状態になっていた。

ここは廃坑の大分奥の方でロードの部屋にも近い。既に亡くなられた人達はロードのご馳走《ちそう》にでもなってしまったのだろう……。

「まだ顔がわかるのが幸いかしら……何とか住んでいた所へ帰してあげたいわね……」

そうだね……せめて暮らしていた所へ帰して、きちんと埋葬はしてあげたい。

全員が同じ想いだったらしく、犠牲者は丁重に外に運んだ。遺体を包むための麻布は私が提供した。布類は【ストレージ】に大量に余ってるし、別に問題はない。

生き残っていた少年２名はやや錯乱していたけれど、外に出て介抱してしばらくすると落ち着いたようだった。この2人は先に助け出した2人と同じ村に住んでいた顔見知りだった。被害者3人のうち、2人は同じ村の人との事だったけど、もう1人はわからないらしい。でもゴブリンに奪われた遺留品等から何かわかるかもしれないので、この方については一旦保留する事になった。

そこまで終わる頃にはもう大分時間が経っており、既に日が落ち始めていた。

「もう大分暗いな……どうする、このまま続けるか？」

「そうですね……レンさん、どうしましょう？」

いや、私に聞かれても……。

リーダーはリリーさんでしょ？　というかアリサさんには聞かないの？　あ、聞くだけ無駄ですか。ネルさん達は？　あ、こちらに従うんですか、そうですか……。

「……では、一旦休憩というか、食事にしましょうか」

捕虜になっていた人達も全て助け出したのでここで一旦一区切り。一度補給を済ませて仕切り直す方がいいだろう。みんなも疲れが溜《た》まっているだろうし。

「……大丈夫なのか？　ゴブリンどもが起きて来たりはしないのか？」

「大丈夫です」

「大丈夫なのか……」

うん、大丈夫大丈夫。睡眠ガスの流し込みはずっと続けているし、念のためガスの濃度も上げてある。ついでに捕虜の手当てをしてる時にノルン達が見回りにも行って来てくれたので、周囲にも敵はいない。

土魔法で竈《かまど》などを作ったりしてさくっと野営の準備をして、料理開始。消化も良くて栄養も摂れて腹持ちもいいもの、という事で適当に具沢山のスープを作る。野菜もりもり、オーク肉も適当に入れて味噌《みそ》で味を調える。あとはパンとかあればいいんだけど、あんまりあれこれ提供し過ぎるのも良くないとの事でリリーさんに止められた。私が快適さを諦められずに結果として目立つのは仕方ないけど、人前では加減をしろ、という事らしい。マジサーセン。

でもリリーさん、私の外付けやらかし判断回路になりつつあるよね。とてもありがたい。

「レンさん、なにか変な事考えてません？」

「ソンナコトナイデスヨー？」

最近ちょっとリリーさんが厳しい気がする……。

腹七分目くらいで食事を済ませ、温かい麦茶を飲んで一息ついたところで栄養補給完了。一部たらふく食べていた人達がいたけど私は気にしない。この後の作業で影響が出ないなら問題はないのである。影響が出たら？　そりゃあ……相応の覚悟をしてもらうだけですよ？

食事が済んだ後は少し休憩をしてから駆除作業を再開、２つ目の捕虜部屋のあった分岐よりも先へと進んでいく。途中いくつかの横道にある部屋でも駆除作業をしつつ、とうとう一番奥の大部屋へと辿り着いた。ここまでの道中様子を見ていたけど、食事休憩を取った事によるメンバーの気の緩みなどはないようだ。

「ここで最後ですか……やっとここまで来ましたね」

「長かったー……もうゴブリンは飽きたよー……」

「ただただトドメを刺すだけの作業がここまで辛いとは……」

「もう一踏ん張りだから、頑張りましょう！」

以上が私以外のメンバー、順番にリリーさん、アリサさん、ラッドさん、ネルさんのコメントである。命が懸からない分、破格だと思うけど？

「さて、愚痴もいいですがここで最後です。しっかりやりましょう」

「そうですね……それでレンさん、レンさんの事ですから、真っ正直に突入してロード達を相手にするわけではないんですよね？」

「当然ですよ」

「えっ⁉　そうなの⁉　私てっきり普通に突入して戦うのかと……」

「俺もそう思ってた……」

「ここまでこんな風にしてきたのに、そんなわけないじゃないですか」

何を馬鹿な事を！　ここまで被害ゼロなのに、ここで無駄な怪我をするつもりはない。そっと扉横の壁に手を当てて部屋の中を【解析】。

「ゴブリンロード、正確にはウォーロードが1、ジェネラル1、魔法スキル持ち《スペルキャスター》が2、ホブが2、普通のゴブリンが10、ですね」

「ただのロードじゃなくてウォーロードだったのか……それならこの規模も納得だが、俺達だけでウォーロードを相手に勝てるのか……？　……いや、それはそれとして、そこまで詳細な情報が取れるスキル……」

「相変わらず凄い能力ね……本当になんのスキルなんだろう？　私も覚えられないかしら……」

ネルさん達２人がブツブツ言ってるけどそんな事は無視だ。重大な問題が発生している。

「……ロードが起きてます。というか寝たふりをしてます」

「そんな……」

「まずいねー……突入したら取り巻きを起こされて乱戦、密室で数的にはこっちが不利。装備の質では圧倒的に勝ってるけど、微妙に微妙ー？」

「普通に怪我しますね……。ですのでちょっと考えました」

「嫌な予感がします」

「リリーさん、うるさいです。２人に怪我をされる方が私は嫌です」

「ごめんなさい」

ちょっと嬉《うれ》しそうなのは何でかな？　仲間を心配するのは当然でしょ？　それとも別の感情がなにか……？　こう、百合《ゆり》的な……？　いや、深く考えるのはやめよう、チキンの私には悪い結果にしかならなそうだ。最近のリリーさん、距離感が近くて時々ちょっと怖いから……。もうちょっと待って、今の私にはまだ色々覚悟がないから。

ってそうじゃねーよ、真面目な話をしてる最中だろ、今は！

「……えー、それでですね、まず私が中の連中を全部動けなくしますので、次にリリーさんが部屋の中に全力でファイアボールを撃ち込んでください。リリーさんが魔法を撃ち込むのと同時に私がその入り口に結界を張って爆風が通路にこないようにします。爆風が収まったらアリサさんが突入、おそらく混乱してるだろうウォーロードの隙をついて首を刎ねます。ファイアボールだけでは多分というか普通にロードは死なないと思いますので。ノルンは後詰めで、アリサさんが一撃でロードを倒す事ができなかった場合か、あるいはロードが健在だった場合は即座に突入。あ、リリーさん、念のため炎熱対策でアリサさんに風魔法を付与してください」

「了解です」

「やっとまともな出番だー！」

ノルン達は念のため待機だ。アリサさんがしくじった場合に追撃をかけてトドメを刺してもらう。

「中の連中を全部動けなくするなんてできるのか？　というか俺達はやる事がないんだが」

「申し訳ありませんが、相手が相手だけに連携を重視させてもらいます。慣れない人がいると連携が乱れますので」

「……なるほど、そういう理由なら了解だ。だが場合によっては参戦させてもらう」

「わかりました。……では始めましょう」


リリーさんがアリサさんに【魔法剣】を使って風魔法を付与して準備完了。

鞄《かばん》経由で【ストレージ】から一振りの剣をにゅるりと取り出す。バスタードソードサイズのそれは改良に改良を重ねサイズダウンに成功した氷の魔剣『ヨツンヴァイン』である。

命名に失敗してしまった私にとっては黒歴史の権化のような魔剣だが、その性能は折り紙つきだ、使わない手はない。何よりこういう状況で、魔法代わりの手段として作っておいた魔剣シリーズの一つなのだから！　ちなみに【村雨】武器シリーズもこの『魔法代わりの手段』分類の仲間である。道具は手段、はっきりわかんだね。

取り出した『ヨッンヴァイン』を両手で逆手持ちにして地面に突き立て、大量の魔力を勢いよく叩《たた》き込んでいく。

「なにあの剣……この借りてる剣なんて比べ物にならないくらいの強い魔力を感じる……!?」

またネルさんの呟《つぶや》きが聞こえるけどスルーし、がんがん魔力を捻《ね》じ込んでいく。

やがて刀身全てに魔力が満ちたところで、剣に秘められたその力を解放する……！

「縛り上げろ、『ヨッンヴァイン』……！　……【アイスバインド】！」

ウェポンスキル発動と同時に剣の突き立てられた所から地面を氷が走っていく。それはそのまま扉の下を潜り室内へ。やがてそう時を置かずに部屋の中からいくつかの音が聞こえてくる。

「ギィ!?　ギギャ！　ギャー!?」

バリバリと、氷の蔦《つた》による拘束を解こうと暴れているのだろう音と、ゴブリンの叫ぶ声が響く。

【アイスバインド】は足掻《あが》けば足掻くほど全身にきつく絡みついて拘束するウェポンスキルだ。拘束を解こうと抵抗しなければそのまま身動きが取れなくなるし、抵抗を続ければその間はそれ以外の行動が取れなくなる。

「リリーさん、今です！」

「はい！　全力でいきます、『ファイアボール』！」

私が剣に魔力を込めている時に、同じように魔法を準備していたリリーさんが魔法を解き放つ。私が彼女のために作った魔法の指輪の効果によって威力が底上げされたそれは、凄まじい高熱と共に扉をぶち破って部屋の中へと撃ち込まれた。

圧縮された火球が完全に部屋の中へと消えた瞬間に【結界魔法】を使って入り口に蓋をする。一瞬だけ不安になったので、ついでに部屋の周辺の壁へも結界魔法で壁を作る。リリーさんのファイアボールの威力で壁が崩れても大丈夫なように、補強だ。

次の瞬間、轟音《ごうおん》が響き渡り、ぱらぱらと天井から土が落ちてきた。

「グギャァァアァアアァァアァァァア！」

ゴブリンの絶叫。

「きゃっ⁉」

「うお、大丈夫かこれ⁉」

「アリサさん！」

「はーい！」

ネルさん達が驚いているがそんなのは無視で、次の指示。私の声と同時にアリサさんが弾丸のような速度で部屋の中目掛けて突っ込んでいく。アリサさんがぶつからないようにタイミングを見計らって結界を解除。無事、突入は成功。だが次の瞬間再びゴブリンの叫び声が上がった。

「グギィィイィイ！」

「あっ！　てやー！」

「グボッ！　グ……グブ……！　ブボ……」

が、声はしたもののすぐに聞こえなくなった。

……初撃を防がれたか避けられたかしたけど、更に速度を上げた追撃で首を刎ねた、かな？

「とったどー！」

うーん、このゆるふわ感。なんだかなあ……。

144　討伐は後始末が終わるまでが討伐です

アリサさんが雄たけびを上げているものの、室内からは熱気が流れ出てきている。

流石《さすが》にリリーさんの全力ファイアボールだけあって、相当な熱量だったようで室内との気圧差もかなりのもののようだ。

このままでは室内に入っての諸々の確認も儘《まま》ならないので、リリーさんに頼んで全員に風魔法を付与してもらってから入室する事になった。

室内に入るとアリサさんがこんがりと焼きあがったゴブリン達の首を刎《は》ねている最中だった。虫の息とはいえジェネラルやホブはまだ生きていたらしく、確実に息の根を止める事にしたらしい。流石である。

さて、これにてゴブリン皆殺し完了につきレギオン攻略も終了、だったらいいんだけど、実際には細々とした後始末に向けての下準備とかがたくさんあったりする。

それはこのロードの部屋の探索と、更に奥に隠された隠し部屋の確認だ。

ロード以外の死体を回収した後、ロードの死体の確認をする。近くには焼け焦げた大剣が一振り。今までに倒された冒険者から奪ったものだろうか？　それなりの良い物だったように見える……まあ真っ黒焦げなんだけど。

「俺の剣……こんなになって……」

涙目になって呟《つぶや》くラッドさん。おおう、ラッドさんの剣だったのか。南無三。まあ回収しちゃうんだけどね。

私が回収する光景を目の当たりにし、更に落ち込むラッドさん。うん、まあ……あとで返してあげるから、ちょっと我慢してて。

次いでロードの死体も回収。うんうん、老齢のウォーロードだけあってかなり高品質の魔石ゲットだね。これでまた色々作れそう？　あ、ちなみにだけど、魔石や他の素材諸々は私が色々使うので、それらを私が総取りする代わりに各種報酬金はリリーさんとアリサさんにかなり多めに分配する事になってたりする。このあたりの事もパーティーを組んだ時、最初に決めておいた。

「あとはあっちに隠し部屋ですね」

おそらくロードが使っていたであろう玉座っぽいものの残骸の方を指差す。

「あれは玉座、でしょうか？　その後ろ？」

「はい。結構色々溜《た》めこんでるみたいです」

私がそう言うと同時にノルンが前脚で玉座の残骸を殴り飛ばし、隠し部屋の入り口を暴いた。奥へと続く道はそれなりに広かったのでリリーさんとアリサさんと共にその奥へと進んでいき、隠し部屋へと辿《たど》り着く。

「かなり広いねー」

「そうですね」

んー、本当に結構広い。そしてなかなかの量のお宝の山。……お宝？　いや、大分薄汚れてる感じなので、なんとも言いがたい微妙な感じではある。

とはいえ、それなりの武器や防具があって、お金の類もかなりの金額があるっぽい。

「ひとまず全部回収しますね」

「そうですね、レンさんお願いします」

うん、全員でいちいち見て回ったらいくら時間があってもキリがないので、まずは私の【ストレージ】に回収するのだ。それから後で紙に一覧を書く。目録は頭の中に浮かんでいるので、それを写せばいい。

でも重要なものとか高価なものがある場合もあるので、そういうものがあった場合は収納後に報告する事になっている。まあ今まではそんなものはなかったんだけどね。

でも今回はちょっと気になるものが一つだけあった。

「ちょっと気になるものが一つあったんですが……」

「なんですか？」

「これなんですけど」

取り出したのは1枚の木の板。アイテム名は『ゴブリンの地図』。木札というにはかなり大きいそれには、いくつかの印が刻まれていた。

大きい丸のような印が一つ、そして小さい印がいくつもあって、そのうちのいくつかはバツ印のようなもので潰されている。他にも特徴的な印がいくつか。

「……なんでしょう、これ？」

「多分なんですけど、巣分けされた他の巣の場所が書いてあるんじゃないかな、と」

「え⁉」

「ちょっと待ってください、ゴブリンですよ？」

「ええ、ゴブリンです。でもそれを率いていたのは歳を重ねたロードです。多分ここの大きな印がこの巣の場所で、こっちのこの特徴的な印が私達が拠点にしてる町。このあたりのバツが付いてるのは私達が潰した巣だと思うんです。そうなると、このあたりの印は全部巣分けされた巣で、他の印は村とかじゃないかなと……」

この廃坑と町の位置が合ってる場合、うろ覚えだけどバツ印が付いてる所は私達が潰した巣の位置で概ね合ってると思うんだよね。

でもそうなると他の印は村だったり他の巣だったりと、そういう事になると思う。

そういった予想を説明する。

「それは……でも、確かにこの位置……」

「ちょっとネルさん達にも聞いた方がいいんじゃないー？」

「……そうだね。レンさん、いいですか？」

「はい、私は構いません」

私の予想が当たっているとなると、残った巣はまだまだたくさんあるという事になる。外れていればいいけど、まず間違いはないだろう。でも念のため先達の意見も聞いておいた方がいい。
隠し部屋から出てネルさん達にも意見を聞く事になった。

「マジか……でもそれが事実だとすると、この辺の村とかは早く対処しないとかなりまずい事になるな……」

「でも幸いなのは、これだけの巣を統率していたロードはもういないって事よね？　なら急いで町まで戻って緊急要請するとかすれば間に合うんじゃない？」

「それはそうかもしれんが……だが、捕まっていた子供達もいるんだぞ？　弱ってるあの子らを連れて急いで町に戻るといっても移動速度には限度がある」

「それはそうだけど……」

んー、このままこの臭い部屋で話し合ってても埒《らち》が明かないし、一旦外に出た方が良くない？
そう提案して外に出て話し合う事になった。
そして一応子供達の意見も聞いてみると、やはり村などの集落を示しているであろう印はそれでおそらく間違いないようだ。印のうちの一つが彼らの住んでいる村と、他のいくつかが別の村とほぼ重なるらしい。

「まずいな……どうする？」

「どうって言われても、わかんないわよ！」

意見は纏《まと》まらずネルさん達のパーティーは全員が言い合っている。私の悪い予想が当たっていた事で軽い恐慌状態になってしまったようだ。まずいな、これ。

「レンさん、どうしますか？」

　あー……。

「私がノルンに乗って大急ぎで町まで戻って報告するというのは？　私ならパーティーでのゴブリン退治の実績もありますし、証拠としてロードや他のたくさんの死体も持って行けます。それなら説得力はあると思いますので、ギルドも動かせるのではないかと……」

「やっぱりそれしかないですか……レンさんを1人行かせるのは悩ましいんですけど……」

「この状況ですし、仕方ないですよ」

「あんたら、何かいい案があるのか？」

「ひとまず私が従魔に乗って先に町に戻って、大急ぎで救援要請する、という事でどうでしょう？　ギルドに状況を説明して周辺から救援を呼んでもらいつつ、何人か先行してこっちに向かってもらうように頼んでみます。皆さんはリリーさん達と一緒にこの子達を連れて無理しない速度で町の方に戻ってくるようにすれば、途中で先行してくる人達と合流もできるでしょうし」

「……なるほど、それなら時間短縮にはなる、か？」

「むしろそれが最善じゃない？　問題は私達は装備がないって事だけど」

「装備に関しては奪われていた皆さんの持ち物はお返しします。私達は別に装備には困っていないので」

「……いいのか？」

「はい。その代わり色々と口を噤《つぐ》んでもらいますけど」

「まだ信用してもらえていないのか……。いや、信用してもらうほど俺達を知ってるわけでもないから仕方がないんだが……それで装備を返して恩を売る、という事か？」

「そうですね」

「正直に言ってくれるものだな……だがわかった。アンタの能力については絶対に口外しない。だから装備を返してくれ」

これで取引成立か。後は野となれ山となれ、なるようにしかならない。先ほど回収した戦利品の中から彼らの装備を返却する。ちなみに貸し出していた魔剣や魔槍《まそう》、マジックバッグ等は既に回収済みだ。廃坑内に設置した『結界塔』と魔法のランタンも然り。

ラッドさんの焦げた剣は直してあげようかと思ったけどそのままにしておいた。これ以上余計な能力を見せる必要はない。落ち着いてから自分で研ぎに出すなり打ち直してもらうなりしてください な。

そうして私はノルンに飛び乗って超特急で町へと戻ったのだった。

……漏らしてないよ！


その後、私が町に戻って報告したところ、1時間もしないうちにレギオンの巣になっていた廃坑目指して先行隊が出発していった。それ以外にもギルドに着いてすぐに緊急連絡用の魔道具を使って近隣のギルドへ救援要請を出したり、その魔道具を使うために必要な魔力を補うための大量のゴブリンの魔石を私が売却したりと色々と大変だった。騎士団へも要請をしたりとギルド職員は大忙しだ。

あ、他にも身元不明だった犠牲者の遺留品の中にギルドカードがあったのでそれも提出したり？後は犠牲者達の遺体に関してはレギオンの巣の前に作った簡易拠点の中に置きっ放しなので、その回収もお願いしたり、思いつく限りでやる事はやっておいたよ？

その後の私？　私は借りてる家に戻って待機してたよ。

木の板の地図も提出したし、廃坑の場所はギルドでも把握していたので特に案内なんかは必要ないという事だったから。

2日ほど借家で待機しているとリリーさん達も戻ってきたんだけど、その後もギルドはずっと忙しそうだったので私達は特に依頼も受けずにしばらく仕事は休む事にした。色々聴取とかで呼び出されたりもしたので、依頼を受ける時間的余裕がなかったというのもある。それに『軍団《レギオン》』討伐に加えてロードやジェネラルの報酬も支払われたので懐も暖かいし、金銭的にもしばらくの間は休んでいても問題ないのだ。

それから更に3日もすると町は冒険者達で溢《あふ》れかえっていた。ゴブリンの巣の駆除の特別依頼が出されたらしい。

私達も特別依頼を受けないかとギルドの人に声を掛けられたけど、それは遠慮しておいた。これ以上ゴブリンスレイヤーズの悪名を定着させるつもりはないのである。

そう、私達の喫緊の問題。それはパーティー名なのである！

え？　みんなお前らの後始末に奔走してるのになに言ってるんだ？　いや、後始末じゃなくて事後処理でしょ？　それはギルドの仕事だよ？

いやいや、最初はちょっとくらいはお手伝いしようと思ってはいたんだよ？　でも流石にレギオンの攻略は疲れたし、残りの巣までは面倒見切れないよ……。

そもそもこれ以上無駄に悪目立ちしたくないし、なによりリーダーのリリーさんにも止められたし。かといってこの状況で他の依頼受けるのも、ちょっと別の意味で目立ちそうだし……。

うん、だから他にやる事もないし、しばらくはお休みしつつパーティー名でも決めようって話になったんだよ。あ、でも正確にはパーティー名じゃなくてクラン名か。

というわけで第1回クラン名決定会議ー！

「それで、クラン名はどうします？」

「うーん、どうしましょう？」

「私はなんでもいいよー」

うん、アリサさんは変わらないね。でも流石になにか考えようよ。

「はい！　はい！　私達は女の子しかいませんし、『戦乙女』とかそういうのが入ってるといいかなーと思います！」

リリーさん、思ったより乙女チックだね。

「『ワルキューーレ』とか『ヴァルキュリア』とか？」

「あ、いいですね！　格好良いです！」

「……でも本当に良いんですか？」

「なにがです？」

「私達、今はまだ若いですけど……このまま活動を続けていって、20代ならまだ良いと思うんですけど……もし仮に30代に突入してしまったらどうしますか？」

「……え？」

「その、ちょっと……つらくないですか？」

「戦乙女とかはやめましょう！　何か別の案！　なにかありませんか⁉　はい、レンさん！」

私かよ⁉

「……私、ネーミングセンスありませんけど、いいんですか？」

「聞いてみないとわかりません！」

「じゃあ……『アズライール』とか？」

「……？　どういう意味ですか？」

「死を告げる天使……『告死天使』です」

「……」

「いや、割とゴブリンとか虐殺しまくりましたし、大量に死を振りまいてるなーと……」

「いいねー！　カッコイーと思うー！」

お、ノリが良いねアリサさん！　私の厨二《ちゅうに》センスがわかるとか、ある意味駄目駄目だけど！

「駄目だよアリサ⁉　そんな血腥《ちなまぐさ》いのは絶対駄目！」

「えー、じゃあどうするのー？」

「なにか、なにか別の……」

……その後もどうにも血腥いものや妙に乙女チックなものばかりでなかなか良い案は出てこなくて、リリーさんは涙目になってしまった。

「なにか……なにか……」

「もうなんでもいいんじゃないー？」

「駄目だよ！　これからずっと名乗るんだよ⁉」

「でもさー」

「妥協はしない！　絶対に！」

むう……頑なになってしまっている……。

んー、なにか真面目に考えないと駄目かー。むーん、うーん……。

……レン、リリー、アリサ……レン、蓮十郎《れんじゅうろう》、蓮《はす》？　リリーは、百合……アリサ、アリサ……

たしか、チューリップにそんな品種があったような……？

「『庭園《ガーデン》』とか？」

「え？」

「いや、全員花に由来する名前ですし……」

「そうなのー？」

「ええ。リリーさんは百合ですし、私は蓮の別の読み方ですね」

「私はー？」

「チューリップの品種にアリサっていうのがあったと思います」

「へー」

「……『庭園《ガーデン》』。……いいですね、『庭園《ガーデン》』！　それにしましょう！」

何となくで言ってみただけなのに、本当に良いの⁉　が、私が止める間もなくリリーさんは飛び出して行き、そのままクラン名登録をしてしまったのでしたとさ。


え、マジで⁉

145　ゴブリン退治はもう飽きた

はてさて、そんな感じでクラン名も決まり心機一転、再始動！　というわけではないんだけど、まあひとつの区切りが付いたわけですが。……うん、なんというのかね、やる事がないといいますかね？

あー、いや。もう気にしないで普通に依頼でも受ければいいんだろうけど、この町のギルドは未だにゴブリン狩りブームでして。

うん、これ以上ゴブリンスレイヤーズなどという不本意な渾名《あだな》で呼ばれないためにもそれは受けるわけにもいかず、というジレンマに悩まされてる我らがパーティーなのであります。

「……とはいえもう3日も休んでますし、流石《さすが》にこれ以上休んでるのもなんとなく落ち着かないので、そろそろ何か依頼を受けようと思うんですが……どうでしょうか？」

はい、そんな状況が続いてるとなれば我らがリーダーからも話があるわけでして。

「そうですね、そろそろなにか仕事をしないと、収まりが悪いというか……」

「私はどっちでもいいよー？」

うん、アリサさんは黙っていようね。今は真面目な話をしているからね。

「でもゴブリンはなしですよね？」

「はい！　ゴブリンはなしです！　折角クラン名も登録したのに、あんな渾名が定着したら困ります！」

「私もゴブリンは飽きたー。しばらく見たくなーい」

ですよねー？　っていうかアリサさんも嫌っていうのは珍しいね。んー……でもそうなると、どうしたものか。

リリーさんの方に顔を向けてみると、提案してはみたもののいい案は浮かばない、という感じで困り顔。アリサさんは……うん、いつもどおり。

「……とりあえず何か良さそうな依頼がないか見に行きます？」

「……そうですね、いい案も浮かびませんし」

何も思いつかない以上、当然次の行動はこうなる。行き当たりばったりともいう。まあこのグダグダ感が実に私達って感じだよね……。


というわけでやってまいりました冒険者ギルド！　の依頼掲示板。

「……相変わらず微妙ですね」

「……そうですね」

さっきと似たような会話が繰り返される。いや、実際問題いつもどおりの微妙な依頼しかないんだから仕方がない。

代わり映えのない掲示内容に軽く途方に暮れていると、周囲のひそひそ話が聞こえてきた。

「……おい、あいつらが……」

「……あれが噂《うわさ》の……イヤーズ……？」

「……あんな餓鬼3人が……本当かよ……」

「……見た目に騙《だま》されるな、魔導師なんぞは見た目や歳じゃ……」

「……チッ、気にいらねえ……」

「……そう言うな、お陰で儲《もう》かってるんだからよ……」

……うへー、想像以上に注目されてるじゃん！　もう帰りたくなってきたんですけど！

「リリーさん、ゴブリンでも受けます？」

「それだけは絶対になしで！」

「私もはんたーい！」

「ですよねー……」

うーん、もうこうなったら適当な依頼受けてさっさと離脱しよう、そうしよう。

そうと決まれば何か面白そうな依頼……ああ、そういえば前にちょっと気になってたのがあったっけ？　えーと……ああ、まだ残ってた。ちょっと上の方に貼ってあるその依頼票を、手を伸ばしてぺりっと剝がして……。

「レンさん？」

「リリーさん、これを受けましょう」

「え？　これを？」

「はい」

「えーっと……『森の奥の泉に棲《す》みついた魔物の討伐』？　……町の名産料理の食材が取れる泉に住み着いた大型魔獣の排除、生死は問わず……？　……本気ですか？」

「他に良さそうな依頼もありませんし、なにより面白そうじゃないですか？」

「いや、面白そうって……」

「リリー、私もそれやりたーい」

「アリサまで？　でもアリサ、大型ってなるとアリサの剣が通じるかどうかわからないでしょ？大丈夫なの？」

「えー？　私の剣が通じない時はきっとレンさんがなんとかするよー？　大型っていうならそれこそレンさんのアレがあるしー？」

「アレ？　アレって……あの鎧《よろい》？」

「うん、それー」

「…………レンさん、これを選んだ理由って、アレの性能を試したいとか……そういうのも入ってますか？」

無言でいつもの笑顔。にっこり。

うん、魔導甲冑《かっちゅう》の性能試験したいっていうのが実は理由の半分くらいだったりする。もう半分の半分は単純に依頼が面白そうっていうのと、残りは名産料理っていうのが気になるって感じ。

「あー………」

途端に遠くを見るような表情になってしまったリリーさんだけど、少しすると腕を組んでちょっと真剣に考え出した。

「……でも、確かにアレの性能はもっと調べておいた方がいいよね……それに大型魔獣との戦闘……今の私の魔法とアリサの剣がどこまで通じるのかも試しておきたいし……」

ぶつぶつと呟《つぶや》きながらかなり真面目に色々判断してるっぽい？

「……最悪倒しきれなかったとしてもノルンさんもいて、レンさんの鎧もあってダメージは与えられてるはずだし……町には今なら冒険者が大勢いるから、急いで戻ってきて救援を求める事もできる、か………わかりました。この依頼、受けましょう」

……あれ、想像以上にリスク管理とかちゃんと考えてくれてた？

「レンさん、こういう判断はリリーに任せておけば大丈夫だよー」

ありゃ、驚きが顔に出てたか。アリサさんが心配してくれたのか声を掛けてきた。でもここまでしっかり考えてくれてるとは思ってなかったんだよ。まだ未成年だし。

……うーん、リリーさんには頭が上がらないな。いや、割と本気で。

ともあれ受ける依頼も決まった事だし、さっさと受注して早く行くとしますかー。ってなわけで受付窓口へゴー！

「おや、貴女《あなた》達は……やっと来てくれたんですね！　ゴブリン退治ですよね、本当に数が多くて困ってるんです、助かりました……」

んんー？　いやいや、ゴブリンはやらないよ？

「いいえ、こちらをお願いします！」

って、私が返事する前にリリーさんが超いい笑顔で依頼票を突き出したー！

「え……？　こちらの依頼ですか……？」

「はい！」

「ゴブリンではなく……？」

「ゴブリンではなく！」

わー……滅茶苦茶威圧してる……。リリーさんの笑顔、こっわ……。

「……」

「……」

「……」

「……」

「この依頼をお願いします」

「えーと……わかりました、こちらの依頼ですね……」

おおう、ギルド職員が先に折れた。

「あー、この依頼ですか……こちらとしては助かりますが、いいんですか？　大型魔獣なんですが……」

「無理だと判断したら戻ってきますので、大丈夫です」

「そうですか……わかりました。ええと、泉の場所ですがこの町から北東に行った方に細い道があるので、そこを真っ直ぐ進んでいくと着きます。その泉で取れる小型の亀の魔獣を使った料理がこの町の名産なんですが、その泉に棲みついたというか、正確には異常に大きく育ったその亀の魔獣を何とかして欲しい、という依頼ですね」

へー、名産料理って亀料理なのか。でも泉に棲みついてるって事は淡水亀？　淡水亀ってめっちゃ泥臭かった記憶があるんだけど……まあ魔法とかある世界だし、淡水亀でも味が違うのかも？

そもそも魔獣って言ってるし。

「異常に大きく……どのくらいですか？」

「５ｍ以上はあったという報告がありましたね」

５ｍ以上の大きさの亀⁉　普通自動車より大きいの⁉　それまた随分と……って、いやいや、でか過ぎでしょ！

「う～ん……最低でも５ｍか、それ以上……レンさん、どうしましょう？」

「……とりあえず予定どおり行くだけ行ってみましょう」

「あー、ご心配のところ申し訳ないんですが、そもそも泉からなかなか出てこないので排除できずに困ってる、という話ですので、まずはどうやって引きずり出すか、という話でして……」

あー……この依頼がずっと残ってたのって、そういう理由だったのね……なんだか納得。

「どうにもその大型魔獣は泉の小亀型魔獣のボス格らしいのですが、漁に行くと大暴れして網や罠《わな》を破壊しまくるので漁師ではどうにもできず、町としても困っているのです。それでいて平時は何をやっても泉から出てこないので、今まで依頼を受けた冒険者達は文字どおり手も足も出なくて依頼失敗が続いてるという難題でして……」

亀が相手なのに手も足も出ないのは人間の方とはこれいかに。いや、冗談言ってる場合じゃないんだけど。

「漁の時は出てきて暴れるんですよね？　その時に何とかしようとはしなかったんですか？」

「当然なんとかしようとしましたよ。でも暴れっぷりが凄まじく、冒険者も腕を食いちぎられるわ足を踏み潰されるわで再起不能にされて引退者続出という事態が続きまして……更には何度も挑戦するうちに網や罠もかなりの数が破壊されてしまい、これ以上それらを失うと漁を再開する時に支障が出てしまうという状態なのです」

「つまり、漁でおびき出す事はできない、と。でも再起不能で引退者続出って……」

む、リリーさんが思案顔に！　やっぱり受けるのは止めようとか考えてる顔だ！

「あー！　ですが最初の頃は岸辺で大人しくしている姿が何度か目撃されてまして！　その時に攻撃を仕掛けた冒険者達の話によれば特に反撃もせずにゆっくり歩いて泉に潜っていったそうです！

……ただ、その時は攻撃力不足でどうにもできなかったらしいですね」

「攻撃力不足ですか……」

職員さん捲《まく》し立ててリリーさんの気を逸らそうとしたね。それだけ受ける人がいなくて困ってるって事かな。

「ええ、甲羅に傷ひとつ付けられなかったという話でした。その後も他の冒険者達が何度かそういうタイミングで仕掛けたりしたそうですが、そのうち出てこなくなってしまったそうでして……」

んー……つまり、仲間を守る時には大暴れするけど、それ以外の時は基本的に大人しいって事？

で、日向ぼっこかなにかわからないけどたまに岸辺にいる時があるから、その時に仕掛ければ何とかなるかもしれない、と。っていうか甲羅に傷ひとつ付かなかったって、首とか足とか狙わなかったの？　なんだかなあ……。あ、でも大型って話だし手足も硬かった可能性もあるのか？　うーん？

「そんなわけで、町としても色々困っているのが現状なのです。ですのでこの依頼を受けてくれるというのは非常に有り難い話でして。ですが、もう数ヵ月は塩漬けになってる依頼ですので、貴女達のような前途のある冒険者達に薦めるのも、どうにも……」

なんというか……予想よりも随分と難易度が高いというか面倒くさい依頼だったね。でも、うーん………まあ、受ける方向で話も決まってたし？

「リリーさん、とりあえず行ってみましょう」

「……そうですね、とりあえず行くだけ行ってみましょうか。まずは偵察という事で」

「やはり受けるんですか……ですが、そうですね。では、その様子見で無理と判断した場合は正式に依頼を受ける前だった、という事にしておきましょう。冒険者ギルドとしても前途有望な冒険者の依頼達成率を無駄に下げる必要もありませんから」

「え、いいんですか？」

「はい、問題ありません。この依頼はそれだけ失敗が続いてるものですし、普通は貴女達のようにまだ若い方々では達成は難しいでしょうから。これも経験だと思ってもらえれば」

おー、この職員さん、思ったよりもいい人だね。でも気苦労ばかりでなかなか出世はできそうにないタイプな気がする。

「それはそれとして、ゴブリン退治の特別依頼の方も受けてみたりは……」

「「「しません！」」」

前言撤回。思ったよりも強《したた》かなタイプだった。

１４６　決戦、大型魔獣！（嘘《うそ》です）

　というわけでやってまいりました、こちらが件《くだん》の大型魔獣が棲《す》みついてるという泉でございます。正確には住み着いたんじゃなくて、異常に大きく成長したんだっけ？　まあ、どっちにしても退治なり何なりして排除するのが今回の依頼なんだけど。

　ところでこの泉、泉って聞いてたからもっとこぢんまりとしたものを想像してたんだけど、思ったよりも大きくて、むしろ小さい湖っていっても通用するんじゃない？　ってくらいの大きさだったりする。

　うん、何せ今いる水辺っていうか浜辺っていうか、まあ結構広い砂浜なんだよね、このあたり。向こう岸の方は草がボーボーに生えてるから、このあたりは使いやすいように切り開いてあるんだろうけど。

　で、砂浜の周辺をよく見てみれば折れた樹の破片だとか、壊された罠《わな》や網の残骸がちらほらと……。その痕跡を見てるだけでも問題の魔獣は相当に大暴れしていただろう様子が見て取れる。

「……なんというか、かなりやばそうな感じですね」

「そうですね……で、レンさん、どうしますか？」

え？　私が考えるの？　リリーさんは何かアイディアがあったりはしないの？

「……私は特に何も思い付かないです。というかこの依頼を受けようって言い出したのはレンさんですし、何か良い案があったのでは？」

いや、別にそういうわけではないんだけど……でも、そうだなぁ。

うーん……まずは問題の大型魔獣がどんな感じなのか知りたいところだけど、過去の討伐失敗で学習したらしくて滅多に泉から出てこないって話なんだよね……。

とりあえず通常の、というか普通のサイズの亀型魔獣の方がどんな感じなのかを確認かな？　それを元に大型の方がどのくらいの大きさなのかを予想する？　となると何とかして普通のサイズの亀を1匹くらい捕まえたいところなんだけど……んー、軽く見渡した限りでもそのあたりを歩いてたりはしないか、残念。

むーん……罠や網で漁やらをすると大型が出てきて暴れるって話だけど、釣りとかで1匹釣り上げるくらいならどうだろう？

……よし、試しにやってみるか。


右手側の方にちょっと歩くと、そんなに高くはないけど少し切り立った崖っぽくなってる所があったので、そこから釣り竿《つざお》を垂らしてみる事にする。餌はその辺の地面を穿《ほじく》り返してゲットしたミミズ。……亀ってミミズ食べたっけ？　いや、普通の亀じゃなくて魔獣って話だし、意外と何とかなると信じよう。

「レンさん、正気ですか？　もし大型が出てきたら……」

「その時は走って逃げましょう、全力で」

「レンさん、てきとーすぎー」

ちょっと⁉　アリサさんにだけは言われたくないよ⁉

そんなやり取りをしながら釣り糸を垂らすと、僅か数分で竿に引きが！　おお、割と引きが強いような、そうでもないような？　でも私でもそのまま釣り上げられそうな感じだったので、そのまま釣り上げてしまう事に。フィーッシュ！

……ところで魚じゃなくて亀の時でも『フィーッシュ！』でいいの？　亀だし『タァートル！』とか？　うん、どうでもいいや。


さて、釣り上げた亀を観察。大きさは30～40cmってところか。口はちょっと尖《と》がってるような？　淡水亀って聞いてたし、料理に使うって事だからもしやとは思ってたけど……大きさといい顔つきといい、なんかコレってスッポンっぽくない？　いや、でも甲羅はなんか硬いし、足の先の爪も結構鋭そうだし、そういう意味では似てるようで違う種類なのかもしれないけど。というかそもそも世界が違うし、なによりこの亀、魔獣だし。

うーん、実に興味深い。他にはどんな違いが……？

持ち前の探究心が頭をもたげだし、もっと色々観察してみる事に。んー、よくよく見れば甲羅の形は陸亀のようなそうでもないような、なんとも面白い。

というか私の知的探究心はほら、アレだよ。日課とかでも遺憾なく発揮されてるけど、気になりだすと止まらないのだよ？　気になったらとことん調べる！　パスタマシーンも気になって分解した男だよ、私は！　いや、『前世が男の現世は女』か。でもそのお陰で今お金に困ってないんだから、私の知的探究心は何も悪くない！

ついでに試しに【鑑定】と【解析】を使ってみたところ、『可食』で『淡白だが非常に美味』らしい。ほうほう、なるほど？

そんな感じでひっくり返したりしながら亀をあちこち確認していると、くいくいと袖を引かれた。んー？　邪魔！　腕を払う……が、また袖を引かれる。腕を払う。袖を引かれる。払う。引かれる。払う……ええい、しつこい！

何⁉　今いいところなんだから邪魔しないで！

仕方なく後ろを振り返ると、リリーさんとアリサさんが泉の方を指差しながらなんかカクカクと不思議な動きをしていた。

「レ、レンさん、あれ、あれ……あれ、あれが………」

「あれ、あそこに……ちょっと出てる……あそこ……」

はい？　あれ？　あそこに？　出てる？　なにが？

2人が指差す方向をよく見るといつの間にやら小さな島のようなものが水面に……？　更にその前のあたりの水面にもなんか生えてる……？

……んん？　島？　いやあれ、まさか……⁉　【鷹《たか》の目】で視力強化、謎の物体をよーく見ると……顔？　いや、頭？　っていうか……あれ、亀の頭部⁉

でかっ！　え、でかっ⁉　しかも徐々にこっちに近づいてきてる⁉　え？　え？　え？　どうしよう？　どうすれば⁉

ああああああああああ、どうするどうする⁉　あ、もしかしてこの手に持った亀⁉　これが原因か⁉　泉に帰せば何とかなるか⁉　よし、即実行！　大慌てで手に持っていた亀を泉に放り投げる！　身体強化！　そいやー！　……ぼちゃん。

…………動きが止まった？　いや、まだこっち見てるし、どうなるかわからない。警戒は解かずに少しずつ後ろに下がろう。２人の服の端をつまんで引っ張って促して、ゆっくり……じりじりと……。

……あ、いなくなった。

５分ほど掛けて慎重に、慎重に下がっていくと大きな亀の頭部はゆっくりと沈んでいったのだった。あっぶなー……。

「……いなくなりましたね？」

「そうですね？」

「……途中までは何もなかったので、いけるかと思っちゃいましたが……ダメでしたね」

「そうですね？」

「……反省してます？」

「してないわけではないですけど、何か行動しない事には何もわかりませんし、仕方ないと思いますけど？　それに結果だけなら成功の類では？」

「はぁ～……はい、そうですね！　で、次の行動は⁉」

何で怒ってるの⁉　そもそも冒険者の仕事ってこういうものでしょ⁉

「リリー、結果おーらいだよー？」

「わかってるよ！　もう‼　…………それで、次はどうします？」

次？　次は、そうだなあ……。

「……あれ、釣り上げてみますか？」

「……釣るんですか？　あれを？」

「はい」

「…………」

あ、リリーさんまた遠い目してる。

「……もう好きにしてください」

そうします。


そんなわけで諸々の準備を完了させてみました！　こちらをご覧ください、特殊装備で武装した魔導甲冑《かっちゅう》です！

手にしているのは魔導甲冑サイズの大型の釣り竿、魔鋼製となっております！　当然【耐久強化】などの付与がマシマシとなっております！　リールはモーター付きで自動巻き上げ式！

釣り糸には【鋼糸作成】スキルで作った魔鋼製の鋼糸を編み上げて作ったワイヤーとなっております！　こちらも耐久などを強化済み！

脚部も大型の無限軌道が取り付けられた特殊タイプに換装、更に釣り上げる時に力負けしないように背中には追加で大容量バッテリーを２つ増設！

おまけにノルンにも手伝ってもらうために魔導甲冑の胴体に鋼糸ワイヤーを巻きつけて完成！

……うん、ちょっとやり過ぎた感が否めない。

いや、最初は竿も竹とかで作ろうかと思ったんだけど、さっき見えた頭部のサイズから判断するに、大型魔獣のサイズって６ｍ前後はあるんだよね。

ソレを釣り上げるとなると竹じゃ流石《さすが》に無理だし、そもそも魔導甲冑もかなり出力が大きいから、引き合いになったら折れちゃうだろうし……耐久性やらなんやらを考慮した結果なんだよ。

で、そこまでしても魔導甲冑だけじゃあ釣り上げられるか微妙だったので、ノルンにも一緒に引っ張って手伝ってもらうためのワイヤーも追加、と。

ちなみに装備の作成は、あっちの木陰でリリーさん達に見えないようにしながらサクサクッと終わらせました。

「じゃあ早速やってみますね」

「ハイ、ドウゾ」

「ガンバッテー」

……2人はもう考える事を止めたようだ。なんか、ごめん。

さて、気を取り直して亀釣り開始といきましょうかね。餌は……【ストレージ】に大量に余ってるゴブリンでも使ってみよう。人間にはとても食えたものじゃないけど、魔獣同士なら珍味の類でしょ、多分。

というわけで早速キャスト！　ひょーい！　ぽちゃっ！　……着水音でかいけど大丈夫か、これ？　……まあいいや、気にしないで続行！　といっても後は食いつくまで待つだけなんだけど。

…………………………む、来た！　食いついた！　リール巻き上げ開始！　って、リール全然巻けねえええええええ！！　いや、最初のうちはちゃんと巻き上げてたけど、途中でピタリと止まって……あああ、引きがやばい！　負ける!?　このままだとこっちが引き摺《ず》り込まれる!?

ええい、無限軌道始動！　一気に引き上げたらァ――――!!

ギャリギャリギャリギャリギャリギャリ！　ギャ、ギャギャギャギャギャギャ！！！！

……最初は勝ってたけど、途中で拮抗《きっこう》して、そこから少しずつ引っ張られて……！　ああああ、ノルン！　ノルーン！　ヘルプ！　ヘル――――プ！！！！

……。

…………。

………………。

その後、ノルンの加勢で少しずつ引き上げる事に成功し、大型亀魔獣の前半身が陸に出てきたところでアリサさんが首を斬り落とそうとするものの、多少の傷を付ける程度で断念。

ノルンがダッシュで首に食らい付いて首を引っ込められないようにし、そこへ私が魔導甲冑に持ち替えさせた斧槍《ハルバード》を、首目掛けて何度も打ち込んで首を落とす事に成功。なんとか勝利を収めたのだった。

「……なんとか、勝てましたね」

「勝ったっていうか、釣ったっていうかー……？」

「排除に成功したので、勝利です！」

「……そうだねー」

ちょっとアリサさん？　活躍できなかったからってふて腐れるの止めて？

「……私、何もしてません……」

ほらー、もっと活躍できなかった人がいじけちゃったでしょ！　もー！

いじけたリリーさんを宥《なだ》めていると、町の方角から数名の人の気配と喧騒《けんそう》が近づいてきた。

あー!!　もしかして換装した魔導甲冑の大型無限軌道の駆動音が町の方まで響いてた⁉　やばっ！

大慌てで魔導甲冑を【ストレージ】に収納、荒れた地面も土魔法でざっと均《なら》して何事もなかったように証拠隠滅。現場に駆けつけた人達からなんとか隠す事に成功したのであった。

いやー、あぶないあぶない。

ちなみにやってきた人達は、冒険者ギルドの窓口でいつも対応してくれていた人と職員数名、あと冒険者数名。というか、冒険者の方はゴブリンレギオン攻略の時に助けたラッドさんとネルさん達のパーティーだった。

職員達が泉に様子を見に行くかどうかを話し合っているところにタイミングよく戻って来たところだったらしく、大型魔獣退治に向かった冒険者パーティーが私達だと聞いて職員達の護衛に名乗りを上げたのだそうな。

曰《いわ》く、恩人になにかあった時に助けになるためとか何とか。

義理堅い人は嫌いじゃない、でもなんとなく複雑。いや、後ろめたいわけじゃないけど隠し事多いからね、私……。

「それにしても、よくもこんな大型魔獣を倒せたものだな……」

「大変でしたけど、なんとか？」

「……周囲を見た感じ、大規模魔法とかを使ったような様子もないし、一体どうやって……？　あ、別に詮索してるわけじゃないから答えなくていい。というか、むしろ答えないでくれ。ただの興味本位の独り言だ。そもそも冒険者にとって切り札は隠しておくべきものだからな」

「そうですね」

うん、最初から教えるつもりはないけどね。ラッドさん達の後ろでギルド職員が滅茶苦茶詳細を聞きたそうな顔してるけど、気付かない振り。

……多分だけど、どういう技能があるのかわかっていれば塩漬けになってるクエストの斡旋《あっせん》とかしやすくなるから、情報収集したいんだろうね。前にリリーさんと雑談してた時にそんな事言ってたし。

変に特殊技能を持っている事を知られると、面倒なクエストを勧められたり、変な指名依頼に推薦されたりとかするようになるらしい。

ギルドの規約とかで指名依頼はCランク以上の実力のある冒険者にしかされない事になってるんだけど、特殊技能持ちだと特例的に指名される事がたまにあるんだって。

ちなみに指名依頼を断ると、依頼達成率には影響はないけど冒険者ギルドからの内部評価に影響があるみたい？

んー……面倒くさいのはいやだし、私はもうずっとDランクのままでいいかなぁ？　Dランクでも別に困る事とか特にないらしいし。

なお、Cランク以上に昇格するには実績を積んだ上で昇格試験を受けないといけなかったりする。戦闘技能だけじゃなく、他の技能や人格面なども含めて総合的に判断するんだとかなんとか？

でもさっき私が考えたように、指名依頼が来るのが嫌で実力があっても昇格試験を受けない冒険者というのは一定数いるとの事。

とまあそんな感じの事をつらつらと考えつつ、未だにちょっといじけてるリリーさんを宥めながら、大型魔獣の死体の処理という問題から現実逃避する私なのであったとさ。

失敗したなあ……魔導甲冑と一緒に仕舞っておけばよかったかもしれない……。

……いや、本当にどうしよう、コレ。

147　トラブルさん、オメーの席ねーから！

うーん、この人達が見ていなければサクッと【ストレージ】に仕舞うんだけど、どうしよう……？

と、何とか倒した大型魔獣の死体の処理をどうしようか迷っていると、何やら町の方からまたしても1人、人がやってきた。

「ギルマス！　さっきの騒音の正体は一体どうなって……？　……!?　おお！　これは！」

「町長……、安全が確認できるまでこちらには来ないようにお伝えしたはずですが？　何故ここに？」

「いや、何が起きたのか気になって仕方なくてね」

「そういう問題ではありませんよ、何かあったらどうするんですか？」

「そうは言うが実際は大丈夫だったわけだろう？」

「結果論だけで話さないでください、大体1人で来るなんて……」

「その話はもういいじゃないかギルマス！　それにしても、まさかこの魔獣を倒してしまうとは！

素晴らしい!!　君達がやってくれたのか！」

あー、あのいつも窓口で対応してくれた職員さんってこの町の冒険者ギルドのギルマスだったのね、とか、危険かもしれないから来るなって言われてたのにそれでも現場に来ちゃう町長だとか、駆け寄った先はラッドさん達だったりとか、突っ込みどころ満載だけど、またしても面倒な人が来た予感。

「素晴らしい！　さぞ凄腕の冒険者なのだろうね！　名前を教えてくれないか⁉」

「いや、俺達は……」

「……町長、魔獣を退治したのは彼らじゃありませんよ」

「ふむ？　じゃあ一体誰が？　彼ら以外にはそれらしい人物はいないようだが……」

「そこの彼女達です」

「そこの？　……、…………？　……？？？」

あー、すごい困惑顔。気持ちはわかるけど。

「……ギルマス、馬鹿を言っちゃいけない。こんな年端も行かない少女達にこんな化け物が倒せるわけがない。笑えない冗談はやめてくれ」

「冗談でもなんでもありませんよ、町長。数時間前にこの依頼を受けたのは彼女達で、それ以外にこの泉に向かった冒険者は1人もいません。門番に確認してもらえればすぐにわかります。そっちの彼らは私達の護衛についてきてもらっただけですよ」

「……本当に、彼女達が？　……その、すまないが本当に君達がこれを倒したのかね？　一体どうやって？」

あー、面倒な事になってきたな……。どうしよう？

「ええと、この魔獣を倒したのは私達です。どんな方法を使ったかは、ちょっと……」

「うーむ……」

と、私がどうしようか迷ってたらリリーさんが前に出て対応してくれた。流石《さすが》リーダー、こういう時は本当に頼りになるね。

「まあいい。何はともあれ問題の魔獣は倒されたのだ、これで漁も再開できる！　幸いというべきか、今、町には冒険者達が溢《あふ》れかえっているし、この魔獣を使った料理を売れば傾きかけていた町の財政も立て直せる！　急いで町に戻って人を集めてこないとな！　こんな馬鹿でかい魔獣、解体するだけで相当な手間だからな！」

……ん？　んんん？　ちょっと待って？　なんかおかしい事言ってない？

「町長、ちょっと待ってください！」

って、私が声を掛けようとしたら、先にギルマスが町長を呼び止めてくれた。

「うん？　どうしたんだギルマス、私は急いで人を集めてこないといけないんだが……」

「いえ、何故町長はこの魔獣の素材を勝手に使うつもりでいるんです？」

「は？　いや、何故といわれても……むしろ勝手に使うとはなんだ？　何を言ってる？」

「何を言っている、は、こちらの台詞です。いいですか、町長。あなたが出した依頼は魔獣の討伐もしくは排除であって、素材の収集ではありません。そして、討伐依頼によって発生した素材は全て冒険者のものです。ですのでこの魔獣の素材の全ての権利は彼女達のもので、町長が勝手にこの素材を使う事は窃盗になります」

「は⁉　いや、どうしてそうなる⁉」

「どうしても何も、町長が依頼をしにきた時に私は全て説明しましたよ。聞き流していたのは町長、貴方《あなた》です」

おお……私が言いたかった事からそれ以上の事までガンガンいくな！

「いや、待ってくれ……なら、依頼内容を変更させてくれ」

「依頼達成後にですか？　そんな虫のいい話は通りませんよ、それこそ契約違反です」

「そんな！　大体、急にそんな事を言われても困る！」

「急ではありませんし、困っているのはこちらの方です。そもそもこれは冒険者の権利の話です。大体こんな無理が通っては今後、今回のような高難度の依頼を受ける冒険者がいなくなってしまう。それになにより、この若さでこれほどの事を成し遂げた彼女達に申し訳が立たない。どうしても必要だというのなら、買い取りなりなんなり交渉するべきです」

「いや、それは……しかし、町の財政もひっ迫しているし……」

「それは町の問題であって彼女達には関わりのない事です」

「だが……いや、そうだ！　こんな大量の素材をどうやって持ち運ぶんだ？　大した量は持ち運べないだろう？　そうなっては大半は腐らせてしまうだけだ！　だったら有効活用するべきだ、そうだろう⁉　君達もそう思わないか⁉」

いや、ギルマスの攻勢で私達置いてきぼりの状況から急に話振られるのもあれだけど、そう思わないか、なんて言われても……。

　というか、なんで全部無償で提供する前提で話してるの？　満額は無理でもせめて払える限りの金額で買い取りたいとか、分割支払いにするとか、全部が無理なら一部を買い取り交渉するとか、色々あるでしょ？　困ってるってのはわかるけど、いくらなんでも流石にそれは……。

　でも実際問題、持ち運びは普通にできるんだよね、【ストレージ】があるし。最大の問題はそれをやると私が【ストレージ】のスキル保有者である事がばれるってだけで、そしてそれが私にとっては死活問題だって事。

　ああー！　もー！　こういう面倒な事になるからさっさと【ストレージ】に隠して、こっそりギルドに持ち込んで報告しようと思ってたのに！

　私が対応に悩んでる間にもギルマスと町長は侃々諤々《かんかんがくがく》と遣《や》り合い続けている。よし、この隙にこっそり相談タイムだ！

「リリーさん、どうします？」

「どうしますって言われても……」

「実際のところどうなのー？　入るんだよねー？」

「それは、まあ……ただ……」

「スキルがばれるのはまずいですよね……？」

「……できれば」

「だよねー……」

「なあ、ちょっといいか？」

私達がひそひそと話し合っていると、ラッドさんが町長とギルマスの話に割り込んだ。

「ラッド？　どうしました？」

「要はこの素材を持ち運べるかどうかって話なんだよな？」

「なんだ、関係ない人間は口を挟まないでくれないか⁉」

「いや、俺も冒険者だし、冒険者の権利の話だとかも言っていたのに、関係ないって事はないんじゃないか？」

「だから……！」

「ちょっと待ってください町長！　ラッド、何かあるんですか？」

「いや、彼女達なら問題なくないか？　動揺してるせいかしらないが何故かギルマスは忘れてるみたいだが、ほら……あっちの子がゴブリンの死体の山を運ぶのに使ったアレがあるだろ？」

「アレ？　……ああ！」

「あれだけ大量のゴブリンが入る容量だ、あの大亀くらいは余裕で入るだろう。というかあの時のゴブリンの方が遥《はる》かに多いと思うんだが」

「そうか、そうでした！　なんでこんな大事な事を……！」

……おお？　なんだか勝手に話が進んでいってるけど、いい流れになりそうな感じ？　っていうか、またしても私達そっちのけで話が進んでいくんですが！　だけど、アレ？　アレってなんぞ？

「おい、さっきから何の話だ？　アレがなんだとか、ゴブリンがどうとか……」

「いや町長！　なにも問題はなかったという話です！　彼女達はあの魔獣の素材が丸々全部入るだ

けの大容量のマジックバッグを持っています！」

「……は？」

「いやあ、よかったよかった！　これで一件落着ですね！」

あー、そうだったそうだった！　マジックバッグがあったね、そういえば！　いや、正確には違うんだけど！

正確にはそこまで大容量ってわけじゃなくて、そういう風に見せかけたって話だけどね！

詳しく説明すると、レギオンを攻略した後に町に応援を呼びに行く時、貸し出してたマジックバッグを全部回収して、私の使ってるマジックバッグ（という事になってる鞄《かばん》）に中身を移す振りをして【ストレージ】に移して運んだんだよね、たしか。

うっかり忘れてたよ！　ラッドさんファインプレー！

「そ、そんな！　待ってくれ！　それじゃ困るんだ！」

「そんな何度も困る困ると言われましてもね……。さっきも言いましたが、困っているのは貴方に無茶な要求をされているこちらです」

「それは……」

「……大体、何故普通に買い取り交渉をしないんです？　一括は無理でも分割で払うなりなんなり、方法はいくらでもあったはずです。だというのにさっきから貴方は彼女達から無償で譲らせようとばかりしている。さっきも言いましたが、冒険者ギルドの人間として私はそんな事は絶対に認められない」

「だが……」

「大体にして彼女達が若いからといって理由もなく下に見ていませんか？　どれだけ若くとも彼女達は優秀な冒険者達です。それも、あの大型の魔獣を倒すほどの。それほどの冒険者達を意味もなく下に見る意味がわからない」

「……」

「……そもそも彼女達はこの町の恩人のはずだ、違いますか？　それもこの短い間に、今回の魔獣討伐で２回目だ」

「……２回目？」

「そうです。彼女達が嫌がるから公表はしていませんでしたが、ゴブリンレギオンを壊滅させたのはここにいる彼女達３人ですよ」

「……は？」

「そこにいるラッドも優秀な冒険者ですが、今回のレギオンはその彼らですら捕らわれる事になってしまった規模の相手です。町長、レギオン壊滅の話を聞いた時には青くなったり大喜びしたりしていたではありませんか？」

「そんな……ああ、なんて事だ……！　私は……！　知らなかった事とはいえ、恩を仇《あだ》で返すような真似を……！　君達！　すまなかった、このとおりだ！　馬鹿な事を言った私を許してくれ！」

うお、土下座⁉　ちょ、やめて⁉

……その後、町に戻ってギルドで若干の話し合いをした結果、町長は魔獣の素材の一部買い取りをして急場を凌《しの》ぐという事になった。10kgほど買い取り、今日と明日はそれを使って何とか売り物を用意するらしい。

その今日、明日の間に大急ぎで亀漁をして食材を集めるのだとか。がんばれー。

ちなみに町長は別れ際までひたすらペコペコと頭を下げまくっていた。この町が大事過ぎて、町のためを思って行き過ぎた言動と態度をとってしまったって、何度も頭下げまくりですよ。

……まあ、悪い人じゃないんだろう、多分。滅茶苦茶良い人ってわけでもないんだろうけど。

実際、自分が町長って立場だったら……いや、普通に分割とかで払うよね。信頼と信用って大事だよ、うん。

でもなんかさあ……前々から思ってたんだけど、この世界の偉い人っていうか、それなりに立場ある人って、ケチっていうかなんていうか……微妙な人多くない？　いや、今回はすぐに態度変えて謝ってくれたけど、うーん……。いやいや、良い人も結構いたけど、それでもみんな自分の利益を追求し過ぎじゃない？

そう考えるとギルドの権益と冒険者の権利を守りつつ、更に冒険者の意見も汲《く》んでくれるここのギルマスって、かなり出来た人物なのでは……？　なんであんな人がこんな田舎にいるんだろう？

話し合いが終わった後、依頼報酬金を受け取って借家に戻り、しばらく休んでいると何やらいい匂いがしてきた。匂いにつられて町の広場に戻ってみると、先ほどまではなかった屋台がいくつも出ていた。ふらふらと近づいて屋台の店先を覗《のぞ》いて見ると、串肉を焼いてるらしい。

……この町の名物の亀肉料理って、串焼きかよ！

うーん、亀肉を串焼きって……。しばらく観察していると、なんか壺《つぼ》に突っ込んでタレを付けて焼いてるっぽい。タレは何種類かあるみたい？　あと塩焼きもあった。

折角なので買って食べてみたところ、普通に美味しかった。あー、亀肉っていうかやっぱりスッポンっぽい。臭みがなくてうま味はあるけど、肉自体は淡白だからタレなのかな？

「あの見た目で一体どんな味がするのかと思ってましたが、結構美味しいですね」

「私も結構気に入ったー。もぐもぐもぐ」

「アリサ……両手に持って食べ歩かないで……」

リリーさんとアリサさんも気に入ったみたいで、何ヵ所かの屋台で数本ずつ買って食べ比べをしていた。ちなみにタレはどれも醤油《しょうゆ》ベースっぽいね、この国では珍しい。でも私はシンプルに塩だけの方が好みかなー？

なお、予想どおりというかなんというか、効能もやはりスッポンみたいで、数本食べると体がほこほこしてきた。……ムラムラじゃないよ？

だけど、んー……、なんか中途半端にスッポンっぽいものを食べたせいか、スッポン鍋が食べたくなってきたぞ……？

よし、早く帰って作ろう！

１４８　さくやは　おたのしみでしたね。

というわけで、スッポン鍋おいしゅうございました。

ん？　すっ飛ばし過ぎ？　いやー、そうはいってもね……？

えーと、最初は定番の生き血のオレンジジュース割り。リリーさんとアリサさんはワイン割り。次に足の肉とか肝臓とかの刺身。鍋は甲羅の端の方とかを気合で削ったり他の骨とかの部位で出汁《だし》をとって作った。甲羅をそのままはでか過ぎて無理なんだよ！　そして最後は雑炊でしめ。まあ、平均的なスッポン鍋の食べ方だったんじゃない？　知らんけど。

結構多めに作ったけど、私も含めてお代わりしまくってお腹ぽんぽこりんになりましたとさ。げふー。

食後は居間でのんべんだらり。お腹いっぱいだし体ほこほこしてるし、もう動きたくないでござる。このまま眠ってしまいたい。

でも気合を入れて頑張ってお風呂入って、それから就寝といきますかね……、今日は大捕物で疲れたし。

私がお風呂から上がってきても、リリーさんとアリサさんは疲れてるのか居間でまだどことなくぼーっとしている様子。

「二人ともお風呂に入ってもう寝ましょう、今日は色々疲れたでしょうし」

「ん？　あー、そうだねー。お風呂入らないとねー」

「わ、私は今日はお風呂はいいです……今日はちょっと疲れたので……」

「なら明日の朝にお風呂に入るといいですよ」

「そ、そうします」

のっそりとお風呂に向かうアリサさん。でもリリーさんの方はなんだかソワソワ落ち着かない様子で自分の部屋に戻っていった。

「？？？」

なんだか様子が変だったような……？　まあいっか、私ももう寝よ……。明日も朝から次の依頼探さないといけないしね。

と、思っていた時期が私にもありました。

いや、自室に戻ってからあの大亀魔獣の素材で何か作れないかなーと考えだしたら色々と興が乗ってしまいましてね？　血を素材に強壮剤的な奴を作ってみたり。むしろ媚薬《びやく》っぽい何かとか。そう、ここに新たな日課用ポーションが完成したのである！　ちなみに今までのものより効果は遥《はる》かに上！　状況によって薄めて使いましょう、大変な事になること請け合いなので！

……あ、使ってませんので、あしからず。日課は自宅の自室以外ではしない事にしてるので。露出？　何馬鹿な事を言ってるんだ、君は？

そんな感じで結局寝付いたのは夜中になってしまったのでしたとさ。


でも朝はちゃんと早くに目が覚めるんだよね。習慣って恐ろしい。

あくびを噛《か》み殺しつつ眠い目をこすりながら居間に出ると、誰もいない。まあいつもの事なんだけど。

でもしばらく待っていても誰も起きてこない。今日の朝ご飯担当、リリーさんなんだけど……昨日寝る時に疲れてるって言ってたし、寝坊かな？　ちょっと声掛けて起こしてこようか。

リリーさんの部屋の前に来てみると中に起きてる人の気配。なんだ、起きてるじゃん。

……うーん、なんだか中でもぞもぞと動いてる感じ？　だけどしばらく待っても出てくる様子もなし。うーん？

とりあえずノック。コンコン。

「リリーさん？　起きてます？」

ガタン！　ドカッ！　……ごそごそ。

「？？？」

……え？　なにしてるの？

カチ、ガチャ。

鍵を開ける音の後、少しドアを開けて半分だけ顔を出すリリーさん。そして部屋から漏れ出す独特の匂い。……ん？　これって……？

「……ど、どうしました⁉」

「あ、いや……朝になっても起きてこなかったので……」

「え⁉　朝ですか⁉　嘘《うそ》、もう朝⁉」

あー……うん。なんというか、色々察した。

「……昨日も寝る前に疲れてるって言ってましたし、今日はお休みにしましょう」

「あ、はい！　なんだかすみません！」

「いえいえ、昨日は大捕物でしたから。では、ごゆっくり……」

「はい、おやすみなさい……」

バタン。閉まるドア。そして静寂。ドアの向こうではまた動き出す気配。ちなみに割と激しめ。

あー……。

次にアリサさんの部屋の前に来てみたけど、こちらも中では休む事なく動いてる気配。んー……。

……まあ、スッポン鍋だし、そりゃ元気になるよね？　あとは2人ともそういう刺激物を摂り慣れてなかったんだろうね……。

それに普通のスッポンじゃなくて魔獣、それもあんなに大きく育った魔獣だから普通のスッポンよりも効果が大きいんだろうなあ、多分だけど。

……そういえば夜中もずっと起きてるような気配あったけど、気のせいじゃなかったって事か。でも朝までオールナイトとは、流石《さすが》に……。いや、これが若さか……。

ん？　そんな危険物を食べて私は平気なのかって？　いや、普通に我慢できるよ？　我慢っていうかむしろ普通に平気だよ。

私はほら、自作の専用ポーションでそういうのに体が慣れてるって事じゃない？　知らんけど。

……なんだろう、この罪悪感。

アリサさんには声を掛けるのはやめて、ドアの隙間に『今日はお仕事はお休み』って書いたメモを挟んで離脱。

とりあえず朝ご飯作ろう、２人も食べやすいやつ。

……水分補給も考えて、スープかな？　肉もちょっと入れてポトフっぽい感じで。あとは籠にパン入れて布掛けておけばいいでしょ。出来上がったご飯を食べ終わった後、私は自分の部屋に戻った。

さて、急に暇になっちゃったし今日は何をしよう？

うーん……昨夜に引き続きまた何か作るか、寝不足気味だしちょっと仮眠取るか……？　……２人の部屋の方から伝わってくる気配のせいで非常に落ち着かない。

……これはあかん、このままでは変な気分になってしまう！　よし、出かけよう！

そうと決まれば玄関に鍵を掛けてお出かけタイム。２人のお楽しみを邪魔してはいけませんからね……来客はノーセンキューですよ？　なので庭を囲ってる柵の門扉も閉めておく。うん、これで一見して留守に見える。よしよし。

一応ノルンを留守番に残す事も考えたんだけど、それは拒否されました。お母さん、過保護過ぎ！　私もう子供じゃないんだよ！　……なんちゃって。

そんなくだらない事を考えつつ適当に露店を冷やかしていく。この町には結構逗留《とうりゅう》してるので、もうノルンを見て驚く町民はいない。なのでノルンを見て驚いているのはゴブリン討伐需要で新しく来た冒険者達くらいのものだったりする。

あ、小亀の魔獣発見。

おー、もう獲ってきて売り出してるのね。町長、対応が早いなあ。とりあえず買い占めとこう。昨日のスッポン鍋美味しかったし。そして私の買い占めに眼を見開いて驚いた様子の売り子のお兄さん。でも気にしない。あ、あっちにも売ってる。買い占めよう。

……と、そんな感じに大量の亀魔獣を買い荒らして回った。うんうん、これでいつでもスッポン鍋が食べられるね。大型魔獣の方は色々素材としても使いたいから、全部食べちゃうのもちょっと勿体《もったい》ないというか判断に困るところなんだよね……でも美味しかったからなあ……本当に困ったね。

さて、一通り市場を荒らした後はどうするかな？　１人で依頼を受けるのもちょっと気分じゃないし、そもそも怒られそう。よし、適当に町の周辺散策でもしてみようかな。

というわけで町の柵の外に出る。ノルンがちょっと微妙な顔してたけど、遠くに行くわけじゃないから大丈夫だよ？

でもどっちに行こうかな？　そういえば町の南の方って畑なんだっけ？　そっちの方はまだ行った事がなかったから、そっちの方を覗《のぞ》いてみよう。

少し歩くと開けた場所が広がっていて、その一帯は全部畑になっていた。まあ畑とはいってもまだ芽が出たばっかりって感じのところが半分くらいを占めてるんだけど。農夫っぽい人が訝《いぶか》しげにこっちを見てるけどスルーして散策。

うーん、珍しい作物はないかな……？　こっそりと【鑑定】を使っているので畑の芽だけの状態でも何の作物なのかはわかるのだ。

ちなみにもう5月だったりするので、色々夏野菜を植えてるっぽい。そんな感じでしばらく歩いて行った先にあった畑になんか見覚えのある芽が……。

ん？　んんん？？？　……え？　マジで？　あー……。そうか、そういう事だったかー……。

……いや、うん。見つけたのは稲なんだ。畑に稲。田んぼじゃなくて畑で作ってる稲、つまり陸稲《おかぼ》。

この国で流通してる米、短粒種なのに微妙な感じだったのはつまり、これが理由だったという事だね。陸稲って水稲に比べて育成段階で水が足りなくなるから、どうしても食用部である種子部分が硬くなりがちで食味が悪くなるのだ。

なんだか変なところで長年の疑問が解決したぞ……？　だというのに微妙に嬉《うれ》しくない。

だけど陸稲かあ……まあ、水田は管理が超面倒だしね……。

新しい発見というか陸稲を発見した頃にはもう昼くらいになっていたので、町に戻る事にした。適当に露店で何か食べよう、作るの面倒だし。

なにか美味しそうなものないかな？　と露店を見て回っていたら、声を掛けられた。

「あ、レンさん？」

「あれ？　ネルさん？」

こんな所で会うとは珍しい。というか昨日ぶりか。

「どうしたんです？　今日はお仕事はお休みですか？」

「あー……それはこっちの台詞というか、なんというか……」

「？？？」

どういう意味？

「えっと、ちょっと一緒に来てもらってもいいかな？　その、話したい事があって……えーと、あそこの宿の私達が借りてる部屋なんだけど……」

そう言って指差したのは以前私達がこの町に来た時に最初に泊まった宿だ。でも、話したい事？　んー……もしかして魔剣の買い取りをしたいとかって話かな？　でもなぁ……売るのはちょっとなぁ……。

「あの、お昼まだなので、何か食べてからでもいいですか？」

「あ、ごめんなさい！　気が利かなくて……でも、それなら何か奢《おご》るわよ？　えーと……あそこにしましょう！」

引き摺《ず》られるように連れていかれたのは、これまたこの町に来た日にお昼を食べた高級店。これは……もしかして接待？

結局、宿に行ってから話したい事というのは食事をしながらになった。そして予想どおりに魔剣を買い取りたいという話だった。

なんでも、ラッドさんは私が貸し出した魔剣がどうしても欲しくなってしまったのだそうな。そして、同じ剣を数本持っている事だし、お金を集めて土下座する勢いで頼み込めば1本くらいは譲ってもらえないだろうか、と考えたらしい。

それからはゴブリン退治の特別依頼を受けまくって荒稼ぎしまくった。

ラッドさんの武器が強力なものになればパーティーの戦力も向上するという事で、パーティーメンバー全員の同意の下、皆でそれはそれは頑張ったらしい。

ゴブリンに奪われた装備がほぼ全部返ってきたのも大きかったらしく、クエスト失敗からの立て直しに大したお金も掛からず、ラッドさん個人の貯蓄とパーティーの共同資産の一部を合わせて何とか金貨2000枚を集めてきた、との事だった。

だけどただ土下座して頼んでも売ってもらえると決まったわけでもないし、かといって信用と信頼を積み重ねるにしても時間が足りない。

そこで彼らが考えたのは、契約魔術を使って契約を交わす事だった。

ここで軽く説明すると、大雑把な分類としては『魔法』は自分自身の魔力のみを使って行使するモノで、『魔術』は触媒を用いて行使するモノ全般を指す。

ただ、この辺の区分は割と曖昧なので、触媒を用いないと使えない儀式魔法や大魔法なんかは『魔法』と呼ばれてたりするし、使い捨てのマジックスクロールはいちいち『魔術』なんて呼んだりはしない。そんな感じで結構ふわっとしてるのだ。

そのなかでも『契約魔術』は特殊な処理をして作成される魔力を秘めた白紙のマジックスクロールに、一定の書式によって記述する事で、契約者達に書かれた内容を強制する効果を発揮する、というもの。当然ながらこの契約魔術用のスクロールもかなりお高い。本当に頑張ってお金を貯めたんだね……。

なお、契約魔術に反した場合、一時的に声が出なくなったり身体が動かなくなったりして、記載内容に違反する行動がとれなくなったりする。それでも無理に契約に反した行動をとろうとすると、全身に激痛が走ったり、最悪の場合は死に至る。

ちなみに隷属魔術はこの契約魔術の更に特殊なものらしくて、専用のマジックスクロールも特殊なものだったり、他にも色々資格とか使用条件とかがあるとかなんとか？　私は詳しくは知らないんだけど。

そんな感じに契約魔術用の白紙のスクロールとか色々と準備を整えて、ついさっき私達が借りている家までパーティー全員で出向いたんだけど、どうにも留守のようでしょんぼりしながら帰ってきた、という事だった。

そしてそのまま今日はお休みという事で散開したそうな。

「……つまり、私の情報を洩《も》らさない事を契約魔術を使って誓う、と？」

「ええ。地道に信用を積み重ねるのが一番なのはわかってるんだけど、そんな時間もなかなかね……なんだったら敵対しない事を書き加えてもいいわ」

あー……それだと知らないうちに敵対してて酷い目にあったりしそうだから、その辺も盛り込んでおいた方がいいかな？　うん、ラッドさんには昨日助けてもらったし、それならまあ……売ってもいいかな？

「わかりました、いいですよ。お譲りしましょう」

「いいの⁉　本当に⁉　ありがとう‼」

そんなわけで食事の後はネルさん達の泊まってる宿屋に行って契約を交わす事にした。ラッドさんは1人部屋でしょんぼりしていた。でも魔剣を売ってもいいと聞くと大喜びで他のメンバーを捜しに駆け出していった。……起伏が激しい！

今回交わした契約内容は下記。

1. 私《レン》の情報を直接、間接を問わず洩らさない。
2. 騙《だま》されたり知らないうちに敵対していた、等のやむをえない場合を除き、私《レン》と敵対しない。
3. 以上をラッドのパーティーメンバー全員が厳守する。

ラッドさんのパーティーメンバー全員と私が署名し、血判を押して契約成立、そして今後この契約魔術のスクロールは私が、写しの方はラッドさんが所持する事になる。

「おお……！　ついにこの剣が俺の手に……！　これで俺も魔剣士……！　ありがとう……！　本当にありがとう……！」

「この恩は絶対忘れないわ！　何か困った事があった時とか、手が足りない時には声を掛けて頂戴、きっと力になるから！」

うーん、なんか凄い感謝されちゃってて逆に居心地が悪い……。ちなみにラッドさんとネルさん以外のメンバーも滅茶苦茶お礼を言ってきた。私の手を掴《つか》んで上下にブンブンしながらだったりとか、涙目になりながらだったりとか。そんな中、ラッドさんはマジ泣きしていた。

しばらくしてから落ち着いた後、今回の魔剣の購入で一気に貯蓄が吹っ飛んでしまったので、ラッドさんは明日にでもゴブリン退治に行くと意気込んでいた。パーティー資産からの持ち出しもあるので、そっちの埋め合わせもしないといけないからこれから忙しくなるぞ、とか何とか。

……ちなみにラッドさんのパーティーは本当にハーレムパーティーだったらしいよ。女性メンバー全員ラッドさんの恋人なんだってさ。パーティー資金も将来のための貯金なんだって。……もげればいいのに。

そして、またしても剣の名前を付けてくれと言われて大変困る事になったり。私に命名させるとか、後悔しても知らんぞ……！

そして付けられた名前は『エヴァーカット』。

包丁じゃないです、魔剣です。いや、ソリッドなスラッシュとかも頭をよぎったんだけどね？

著作な権利が怖いからね？

「『エヴァーカット』か……不思議な響きだが、悪くない」

……マジで⁉

149　どこでも○○○○

えー、ラッドさんに魔剣を譲渡して帰ってきて現在、説教中であります。懲りずになにかやらかして、また説教されてるのかって？　いやいや、今回は私がする側。される側じゃないです。

何がどうしてこうなったのかと申しますと、まあ私が帰ってきたのはもう夕方も近い時間だったりしたわけなんですが、居間にですね、残ってたわけですよ。

何がって？　私が朝に作っておいたご飯が、丸々そのまま全部。一切手つかずで。

いやー、またしても色々と察しましたね。

まあね、わからないでもないわけですよ？　ほら、私も色々と人の事言えないからね？　でも私は他の人に迷惑掛けた事ないし？　そういう事も考えると流石《さすが》にこれは、ちょっとね？

というわけで部屋の扉をガンガン叩《たた》いて2人を叩き起こして、お説教と相成ったわけであります。

「……まあ、お2人も年頃ですし、冒険者をしていれば色々と溜《た》まってしまうというのも理解はします。時には発散も必要でしょう。それがたまたま気分が乗ってしまってついつい長引いてしまったのも仕方ないと思います。ですが流石にご飯も食べずにというのは、いかがなものかと」

「はい、すみません……」

「ごめんなさいー……」

「せめて水分補給はするように気を付けてください。脱水症状とか、かなり危険ですから」

「はい……」

「申し訳ないー……」

いやもう、本当に何を説教してるんだろう、私……。

「……今回はいきなり当日の予定がキャンセルになりましたし、今後はある程度活動した後は休養期間を設けるようにしましょう」

「そうですね……そうしましょう……」

ってていうかさあ！　なんでよりにもよって私がこんな事を説教してるの⁉　偉そうに人の事言えないんだよ、私は！

……いや、私は一応ポーションで栄養補給してたし、他の人に迷惑が掛からないようにタイミングとか色々気を付けてはいたけどね……？　でもこうも過去の自分の行いを客観視させられるような状況に遭遇すると、流石の私も今後はより一層気を付けようと身につまされる思いだよ……。

……どうしてこうなった。

ちなみに説教中の2人は、肌は妙につやつやてかてかなのに変にやつれて疲労困憊《こんぱい》という実にちぐはぐな様子でしたとさ。

そして説教が終わった後は2人が晩ご飯の用意をする事に。一応の懲罰的な感じ？　まあ私の作ったスープとパンも残ってたから、そんなに時間は掛からなかったけどね。

晩ご飯の後はまたしても今後の方針とかについて話し合う事になった。その結果、私への過保護も解除される事となった。

いや、ぶっちゃけ自己管理できずにパーティーメンバーに迷惑を掛けてしまった2人からの申し出だったりするんだけどね。この体たらくでは私の事をとやかく言う資格はない、という事らしい。

でも一応ちゃんとした理由もあって、もっとちゃんと戦闘経験を積もう、という事になったのだ。特にアリサさんと私。

私は経験を積まないで過保護にされ続けたら逆に警戒心とか対応能力が育たないだろう、という理由。

現状、私達はパーティーも組んでいるし、経験を積む上で多少の危険は仕方ない、という判断だ。そもそも私には常にノルンとベル、あるいはそのどちらかが付き添っているので、必要以上に単独行動を認めないのも流石にどうかとも思ってはいたらしい。というか冒険者のお仕事に危険はつきものだし。

そしてアリサさんはもっと強くなりたい、との理由。

アリサさん、実はできれば剣士として大成したいと思ってたらしい。なので先日のゴブリンロードの時のように、格上の相手と戦える機会は逃したくない、との事だった。

もっと強くなるために極限の戦闘経験を積みたいと思ってるんだけど、あの時はラッドさん達もいたので我を通さずに引いたんだって。なるほどなー。

「……私、ソードマスターになりたいんだよねー」

ソードマスター。英雄譚《えいゆうたん》でも語られる剣の英雄達。

私も詳しくはないんだけどアリサさんの説明によると、いつの頃からか存在する剣士の頂点とされる13人の剣士達の事だそうな。

剣神を頂点に剣帝と剣王がそれぞれ1人ずつ、そしてその下に最大10人の剣聖が存在するんだとか。

剣聖になるには剣士としての実力を付けて、剣神・剣帝・剣王のいずれかに認められるか、他の剣聖を倒すかしないといけないらしい。剣王や剣帝になるのも同じ入れ替わり制だとかで、倒せば新しくその称号を得る事ができるとの事。

なお、剣聖は入れ替わりがそれなりにあったり死亡したりなどで常に10人いるわけではないとかなんとか。

そんな至高の剣士達は体のどこかに剣の形の痣《あざ》があるのが目印だとか……。その痣の位置は大抵の場合は手の甲とか手のひらとか、わかりやすいところなんだそうな。

ちなみにこの痣、称号を得ると勝手に浮き出てくるんだって。なにそれこわっ。

それと、剣を使って戦う戦士、つまり剣士であれば大なり小なりみんなソードマスターになりたいと思っているそうなので、アリサさんが特別上昇志向が高いというわけでもないんだってさ。ただ、大声で吹聴して回るような事じゃないし、堂々と言うにはちょっと気恥ずかしいらしい。……うん、まあ、なんとなくその気持ちはわかる。

とまあそんなわけで私への過保護の解除によって今後は自由行動も認められ、そして私から2人への過保護ももっと加減するという方針に切り替わったのであった。ただし状況や相手によっては私の搦《から》め手《て》をガンガン使っていくというのは今までと変わらない。有用な戦術は活用して然《しか》るべきであるからして！


そして翌日。

今日こそはギルドへ行ってお仕事を！　とはならず、またしても休養日に充てる事に。いや、2人の体調を鑑みましてね……。

昨日の2人はオールナイトどころか昼過ぎまでフィーバーしてたっぽいので、今日はしっかりとご飯を食べて家でゆっくり休養を取らせる事にしたのだ。

一応、安心と実績のある私謹製の各種回復ポーションを飲ませたから大丈夫だとは思うんだけどね。

そんなわけで私は今日も自由時間となったのであります。まあ、何もする事ないんだけどさ。

うーん……2人がハッスルしまくってたのを見ると、私もちょっとハッスルしたくなってきたような気がする……いや、しないいんだけど。ほら、私って自宅の自室でしかしない主義だから。でも最近日課してないし……うーん。

でもなぁ……自宅を出さなくてもこう、なんとかならないものかな？　今借りてるこの家の自室を自宅の自室と入れ替えたり……いや、部屋の大きさが合わないか。私の部屋、かなり広いし。

となると、どこにいても自室に移動できるように、とか？　それこそ自宅を【ストレージ】に入れたまま、その中に行けるような感じで。

んー……時間と空間を捻じ曲げるような現象を起こさないと無理っぽいぞ、これ。そもそも【ストレージ】とか【アイテムボックス】って基本的には生き物は入れられないんだよね。

……いや、ちょっと待った。それって【アイテムボックス】だけなのでは？　意外と【ストレージ】はいけたりするんじゃないのか？　というか、昨日買った小亀魔獣、生きたまま入れられてるし……。

試しに小亀魔獣を【ストレージ】から取り出してマジックバッグに入れようとしてみる……うん、入らない。やはり【ストレージ】の方が多機能で高性能っぽい。では次にもっと大きな生き物は入れられるのか？　ぶっちゃけ、人は？　とはいえ人体実験は色々問題が多いので、適当な魔物で試してみる事にする。

こっそりと家を抜け出し、ノルンに乗って森の奥へ移動。適当に見つけたゴブリンを捕縛して【ストレージ】に入れようとしてみる……入らない。

うーん？　この差はなんだ？　……知性の差？　……うん、なんかそれっぽい。

家に戻ってからもうちょっと検証。他人を使うのは怖いので自分が【ストレージ】に入ろうとしてみる、というか入れようとしてみる……いや、いきなり最後までは入れないで、入りそうかどうか試すだけね？　で、結果。なんかいけそうでいけない感じ。

んー……なんか条件を満たせばいけそうな気がしてきた。

よし、こうなったら得意のゴリ押しだ。ＭＰ回復ポーションがぶ飲みしながら【創造魔法】でドン！

その結果完成したのがこちらの魔法の扉。枠と扉だけのこちらを開けますと、なんと【ストレージ】内の自宅にある同じ形状の扉と繋《つな》がっております。

……マジでできちゃったよ、魔力が枯渇しかけてちょっと死にそうになったけど。

色々仕様を確認してみたところ、この扉で【ストレージ】内の自宅へ入れるのは私だけっぽい。ノルンとベルにも試してもらったけど、２匹はそのまま通り抜けるだけだった。で、【ストレージ】内の自宅玄関から外には出られなかった。というか窓の外は真っ暗。

更に不思議な事に私がいる間は一部、時間が経過するっぽい。一部だけというか私だけというか。自宅内のその辺に置いておいたものは時間経過はしてないっぽい？

例えば温かい飲み物はずっと温かいままだった。こわっ。でも時計とかはちゃんと動くというご都合主義。どういう絡繰《からく》りなのやら。

そして【ストレージ】内にいる時、外では普通に時間が経過してる模様。緊急時のシェルター代わりにも使えそう？　私しか使えないけど。

しかしなんかというか……色々と私に都合が良過ぎて、逆に非常に怪しい……。

いやまあ、使うんだけどね！　そりゃ使いますともさ！　もう一月《ひとつき》近く日課してないからね！日課じゃないじゃん！　もう毎度の日課詐欺だよ！

いやでもタイミングが難しいかな？　アレってあの２人がああなっちゃうような素材で作ったポ

ーションだし、私も酷い事になりそう……。

……いやいや、なんでアレを使う前提なの、私！　別に使わなくてもいいじゃん！　……よし、ポーションはなしで！

と、そんな事をやっていたらあっという間に夜になってました。楽しい時間は過ぎるの早い……！

工作の後片付けをして部屋から出ると、2人がご飯を作っている最中だった。今日の当番はアリサさんだけど、暇だからリリーさんも手伝ってるらしい。

居間の椅子に座って料理の完成を待ちながら、2人が調理する様子をぼーっと眺める。

……この2人、一昨日の晩から昨日の昼頃まで激しくハッスルしていたのか。一体どんな……って、変な想像はやめよう、妙な気分になってしまう。

晩ご飯を食べた後は明日の予定確認。

とはいっても何も難しい事はなく、ギルドに行って適当に依頼を物色して受ける、程度のものだけど。

ただ、ゴブリン退治以外に目ぼしいものがなかった場合は諦めてゴブリン退治を受けよう、という事にはなった。一昨日も碌《ろく》なのが残ってなかったし、そうそう珍しくて新しい依頼なんてないだろうからね……。

話し合いの後は順番にお風呂に入ると各自部屋へ戻って就寝。まあ、私は早速今日作った魔法の扉を使うんだけどね！　約1ヵ月ぶりだからね！　もう辛抱たまらん！

というわけで、行ってきます！

150　アイエエエエエエ⁉

おはようございます。約1ヵ月ぶりの日課明けです、レンです。

そんな私は今日も早起きです。うん、まあ、久しぶりの日課ではあったけれど、ほどほどで切り上げまして。いや、翌日も仕事あるのに何時間も励んでられないしね。

あとは、時間さえ確保できれば遠出しなくてもいつでもどこでも自宅の自室に戻れるようになった事で、なんというか切羽詰まった感がなくなったといいますか、消化できなかった分をまとめて頑張らなくても良くなったといいますか……今日はこのくらいでいいかなー、みたいな？　引き籠もり時代の頃のように、文字どおりに日課として行えるようになった安心感というか？

……そんな私の日課事情とかはどうでもいいんだよ！

気を取り直して朝ご飯の準備……は、ダメなのか。一昨日の罰としてしばらくは2人が担当する事になってるから。

そんな朝ご飯とか諸々の準備だとかが終わったらギルドへ行って適当なクエストを受けてお仕事だ！

そう、またしても方針転換があった事で、あれほど嫌がっていたゴブリン退治をとうとう受けるのである！　……なんて事はなく。

いや……うん、なんていうかさ……今日、めっちゃ雨降ってるんだよね。つまり今日の仕事はもう既に終わり。いや、２人にも確認しないといけないけどね？　……なにこの物凄い出鼻挫《くじ》かれた感。

微妙な気分で窓の外を眺めていると２人も起きてきて、朝ご飯の準備をして食事。その後はちょっと話し合って、結局今日というか今日から４日ほどお仕事はお休みという事に決定した。

なんでそんなに長く休みにしたのかというと、どうもこの雨、２～３日は降るっぽいんだよね。どうしてそんな事がわかるのかというと、実はノルンからの情報。なんでかは知らないけど、どうやらノルンはそういうのがなんとなくわかるらしいのだ。野生の勘なのか、フェンリルの種族特性なのか、その理由は謎だけど。

実は森に引き籠もっていた頃にも、雨が降ってきそうな時とか長雨が続きそうな時には、こうして教えてもらっていたんだよ。

そしてそういう時は外に出られないので何もやる事がなくて、結局自室に籠もってたりしたのだけどね。ハハハ。

ちなみにリリーさんが言うには、こんな天気でも討伐クエストを受けて出かけていく冒険者はそれなりにいるそうな。食い詰めてる人達とか、魔物に見つからないように敢えて、とか。

あとは水魔法・氷魔法が得意な魔導師の中でも好んで雨の日に討伐に出る、変人に分類される人も少数ながらいるらしい。とはいえ実際、雨の時の彼ら・彼女らは本当に強いらしいので、そういう戦い方もありなんだろう。

それはさておき。

さて、それでは急遽《きゅうきょ》お仕事がなくなったので部屋に引き籠もってモノ作りに集中します！　という建て前で日課に励もうと思います。

折角《せっかく》昨夜は軽く済ませたのに結局こうなったよ！　我ながら度し難い！　でも色々作った新しい装備（意味深）を試してみたいじゃん？　鍛冶修業からの【魔剣作成】スキルを色々試したお陰で、【創造魔法】と【技能付与】の併用で色々な装備（意味深）が作れるようになったから色々作ってあるんだよ！　1ヵ月前……いや、既に1ヵ月以上前か、その約1ヵ月ちょい前に魔導甲冑《かっちゅう》とか2人の装備とか色々作ったりしてた時に一緒に色々と作ったんだけど、あんまり試せなかったんだよ！　それに私の知的探求心が色々調べてみろと囁《ささや》いてるから仕方ないネ！　というわけで改めて行ってきます！

そんな私は前回の開発お籠もりで実績を作ってあるので、リリーさん達は私の建て前を疑う事もなく騙《だま》されてるわけですが。

あ、ちなみに私の分のご飯は大丈夫です、私は自分で何とかできるので。でも2人はちゃんと食べてくださいね？

なんでそんな事を言うのかって？　……私がモノ作りするからお籠もりする、という話を聞いた2人が微妙な表情でそそくさと自室に戻っていったからに決まってるでしょ！　2人ともまだ頑張るのか！　凄いな！

と、そんなこんなで４日後の朝になりました。そして私は安定のいつもの早起きです。

ちなみに雨は３日目の夜には止《や》んでたりする。更に１日空けたのは雨に濡《ぬ》れた森に入りたくなかったから、せめて１日は間を空けておこう、という配慮。１日くらいじゃあんまり意味ないかもだけど。まあ元々休みは４日の予定だったしね。

さて、今日もご飯の準備は２人の担当だし、やる事もないし先にノルン達にご飯を食べさせてこよう。と思って２匹の所に行ったら既に朝ご飯は食べ終わってるそうで、ベルを相手にじゃれまわって時間を潰してみたり。

……ごめん、嘘《うそ》。実はこれ、ノルンによる私の訓練。アリサさんとのトレーニングのタイミングが合わなかった時とかに時々こうして運動しているのだ。飛び掛かってくるベルを避けるっていうだけの単純なものだけど、これが地味にきつい。遊びってレベルじゃなくて本気で訓練ってレベルの動きなんだよ、これ。

ただしこの後にはお仕事もあるので、そのあたりの加減はちゃんとしてあるというか、してくるというか。

そんな事をやって時間を潰してから居間に戻ると、２人は既に起きていて食事の準備も丁度終わるところだった。

そのまま朝ご飯を食べながら今日の打ち合わせ的なものもする。

「2人とも、今日からゴブリン退治ですね」

「ゴブリン退治ですね……」

「ゴブリン退治だねー……」

開口一番でゴブリンの話題！　私の先制攻撃で2人のテンションはだだ下がり！　効果は覿面《てきめん》だ！

でもいくら何でも気にし過ぎじゃない？　流石《さすが》にもう話題としてはそれなりに落ち着いてる頃だと思うよ？　と、そんな感じに適当に言いくるめて、ご飯も食べ終わった後に諸々の準備もして家の鍵も掛けて、ギルドへしゅっぱーつ！

でまあ予想どおりというかなんというか、ゴブリン退治以外は碌《ろく》な依頼がなく、順当にゴブリン退治の依頼を受ける事となりました。

ついでにこれまた私の予想どおり、私達がギルドに入っていっても特に注目される事もなく普通に依頼を受けて出て来られました。人の噂《うわさ》も～なんていうけど、実際みんな自分のご飯の種の方が大事だって事だよ。

依頼を受けた後は一路、森の奥へ。とはいっても帰ってくるのに日を跨《また》ぐような距離ではなく、日帰りできる距離。

「はー、久しぶりに森に入った気がしますね」

「リリー、気がするもなにも、実際久しぶりじゃないー？」

「それはそうなんだけど……ともあれ、やるからにはしっかりやらないとだよね！」

「だねー、いっぱい首を刎《は》ねるよー」

おおう、いきなり殺意が高いな、アリサさん……。


そんな久しぶりのゴブリン退治だったけど、結果は不作。行きに2匹、帰りはゼロ！

「ようやくゴブリン退治を受ける気になったのに、がっかりだよー」

「んー、レギオンを討伐して、その数日後に特殊依頼が出て、それからもう10日以上経ってますし、流石に日帰りできるこのあたりはほぼ駆除し終わった、って事じゃないですかね？」

「あー、そんな感じかもしれませんね……どうしよう、アリサ。この分だと遠出しないとちょっと微妙かも」

「遠出かー。確かにそれはちょっと微妙な感じかもねー」

「レンさんはどう思います？」

「そうですね……このまま数日同じ依頼を受けて様子を見てみて、それでも同じような調子であれば、そろそろ別の街に移動するのもありかもしれませんね」

「ああ、なるほど……移動を視野に入れるのは確かにありですね……」


そんな話をしながらギルドへ戻って窓口へ行くと、またしてもギルマスが対応してくれた。え、ここのギルマスって暇なの？

「暇ではないですよ？」

……暇ではないらしい。私の視線で何を考えてるのか察しが付いたのかな？　別に聞いてもいないんだから黙ってればいいのに。

ちなみに換金中、世間話がてらに少し教えてもらったところによると、やっぱり私の予想どおりで日帰りできる範囲ではゴブリンはあまり見かけないようになったとの事。今は移動に２〜３日か、あるいはそれ以上掛かる距離にいくつかある大規模な巣の攻略準備をしているところらしい。そのための中継拠点も作っている最中だそうな。っていうか、レギオン以外にも大規模な巣がいくつもあったのか……みんな大変だなあ。

ギルマスは巣の攻略に参加してもらいたそうにこっちを見ていたけど、華麗にスルーしてギルドから脱出。


「レンさん……まさか、受けようとか言いませんよね？」

「え、やりませんよ？」

面倒くさいもの。

「私もはんたーい！　移動が面倒くさーい！」

流石アリサさん、私の同志であったか！　……と思ってたら、本当の反対理由は私を人目に晒《さら》したくないからだそうです。仮に大人しくしてても絶対やらかすから、と。

いやいや、流石に大勢いるところでは大人しくしてますよ？　と反論したけど、土魔法で１人で簡易拠点を構築するのは普通ではない、との事でした。……ああいう土魔法で作る簡易拠点は、普通は複数人で作るらしい。１人で作るような人もいるけどそれはかなり少数派との事。

いやー、少数派だとしてもやれる人がいるのであればそんなに気にしないでもいいのでは？　なんて考えていたら、何を考えているのか気付いたのか２人にジト目で見られたので黙っている事にした。

そんな話をしながら家路を進んでいると、町の中心から少し外れた方角から何やら喧騒《けんそう》が聞こえてくる。

「……なんでしょうね？」

「ちょっと行ってみます？」

「行ってみよー！」

３人で顔を合わせて少し考えてみるもののよくわからなかったので、とりあえず喧騒の聞こえてくる方へと行ってみる事にした。

んー……なにやら『いいぞー！』とか『惜しい！』とか『もっとやれー！』とか聞こえてくるぞ？

ちょっと進んだ先の倉庫っぽい建物の陰に曲がるとそこには人だかりが。喧騒の内容的に誰かが喧嘩でもしていて、みんなでそれを見物でもしてるのかな？

見物人ぽい人達の隙間から向こう側を覗《のぞ》き込んでみると、なにやら武器を持った人達が激しく打ち合っていた。

え、町の中で殺し合いの喧嘩⁉

と思ったらそんな事はないみたいで、よくよく見れば武器は鞘《さや》に入れたままの剣だったり、木製の棒だったりで、多少は致命傷にならないように配慮はしてある様子。あと、遣《や》り合ってるのは２人だけという事はなく、一対一で遣り合ってる組み合わせがいくつかあるみたいだった。

ふと周囲を軽く見回してみると、見物人達はどうやら全員冒険者っぽい感じかな？

んー？　これは一体何をしてるのかな？

なんて考えていたら、リリーさんがそんな見物人の１人に声を掛けて聞いていた。

「あの、これって何をやってるんですか？」

「あん？　あー、これはなんていうか……決闘の真似事と、それを利用した賭け事だな。元々は仲の悪かった馬鹿野郎どもが喧嘩を始めたのが切っ掛けなんだが、それを見てた連中が面白がって賭けをしたのが始まりだなー」

えええ……こんなに大勢でダメな荒くれ冒険者の悪い典型例みたいな事やってるの？　と思っていたら、どうやらリリーさんが声を掛けたおっさんは人がいいのか、聞いてもいないのに色々説明してくれた。

始まりこそはそんなダメ人間の集まりみたいな感じだったけど、今では若手への訓練がてらとか、あとは腕自慢同士の手合わせとかを対象にしてるらしく、殺し合いとかは御法度なんだとか。ついでに賭けの内容も今晩の飲みの時に酒を１杯奢《おご》るとか、みんなでつつく酒の肴《さかな》の大皿を１品負担するとか、その程度らしい。思ったよりも全然健全だった。

というか、実際はギルドが介入してある程度整えたらしい。急に大勢の冒険者が集まった事で変にトラブルが起きないように、というガス抜き目的もあるみたいだ、とはおっさんの弁。

それでもやらかしそうになる連中もそこそこいるみたいなんだけど、そういう手合いは面倒見がいい一部の冒険者連中が丸く収めてしまうとの事。物理的に。

なんていうか大半の人は荒くれっぽい格好してるのに、思ったよりも全然ちゃんとしてるんだね……。

ともあれ、そういう事なら見物するのは吝《やぶさ》かではないね。賭けの方は……別にやらなくていいかな?

そんな事を考えながらふと隣を見ると、アリサさんは既に熱心に観戦中。そしてそんなアリサさんの視線の先を追っていくと、そこで遣り合ってるうちの片方はなんとラッドさんだった。

おお……ラッドさんかなり強いっぽいね。動きも結構速くて、力もかなりありそうな感じで、そのうえ立ち回りがなんというか、妙に巧い。【加速】を使ってない状態のアリサさん相手にも、結構いい勝負になりそう……。

「アリサさん、どうです?」

「……【加速《剣》】を使わなかったら、上手くいけば多分互角……ううん、普通に負けると思うー」

え!? ラッドさんってそんなに強いの!?

「『フェザー《あれ》』なしなら、私はまだまだ全然だよー」

ええー……? アリサさん、【加速】なしでも結構見失うんだけど……。

「私、普通の時でもアリサの動きって全然目で追えないんだけど……」

「リリーは魔導師だからそこまで気にしないでいいと思うよー。レンさんが持ってる【鷹《たか》の目】はいいスキルだけど、あれは本来視力諸々を総合的に上げる初級スキルだから、それだけだとちょっと物足りないと思うー。動体視力とかを強化するなら【見切り】がないと厳しいよー？　あとは戦士としての戦闘勘とかもないと目で追うのは難しいんじゃないかなー？　あー、私も【鷹の目】欲しいー」

……アリサさん、めっちゃしゃべるね。話しながらも目はずっとラッドさんの動きを追っているけど。

それにしても前々から思ってたけど、アリサさんってこういう事に関しての知識は凄いし、普通に頭良くない？　もしかしてボケキャラって地じゃなくて作ってない？

まあいいや、別に地でもそうじゃなくても付き合い方を変えるつもりもないし。

とりあえず私がラッドさんの動きを見ていてもあんまり得る事はなさそうなので、他の立ち合いでも見ようかな？　と、他の戦ってる人達を見ていくと、どうにも見覚えのある人が……。

って、あれってリュー!?　なんでリューがここにいるの!?


ドガッ！

そしてリューがいる事に驚いたその時、後ろから体当たりされてそのまま押し倒された。

ぐはっ！　敵襲⁉　ノルンはどうしたの⁉

逃げようともがくものの、腕ごと拘束されて抜け出せない。

ちょ、なに⁉　なんなの⁉　リリーさんとアリサさんは何してるの⁉　早く助けて！

そうしてジタバタしていると、聞き覚えのある声が。

「レンちゃ、見つけた」

……え、これってクロ⁉

１５１　なんだか大変な事になっていたようです

こんな場所でまさかのクロとの再会にちょっと驚いたけど、このままだと碌《ろく》に話もできないので一旦離れてもらうように伝えたところ、クロは大変不満な様子ながらもしぶしぶ離れてくれた。ノルンやリリーさん達は相手が私の知り合いのクロだったから様子を見ていたらしい。いや、ちょっとは助けてくれても良かったんじゃない？


「うー」

「えーと、久しぶりです？　というかクロはなんでこんな所に？」

「一緒に行く」

「は？」

んんん？　話が見えないぞ？

「わたし、レンちゃと一緒に行く。だから来た」

と、意味不明な事を言い出したかと思うとクロはまたしても私にしがみ付いて来た。流石《さすが》に今度は腕ごと抱き着いて来たわけじゃないけど、あー、これはどうすればいいんだ……？

「えーと……他のみんなはどうしたんですか？　一緒じゃないんですか？」

１人で来たのかみんなで来たのか聞いてみるものの答えは返ってこず、クロは私のお腹に顔を押し付けてぐりぐりしてくるばかり。いや、これホントどうすればいいの……？

周りにいるリリーさんとアリサさんに助けを求めるように顔を向けてみるものの、２人も困惑しきり。そりゃそうか。

「あれ？　クロと、レン？　うわ、マジでここにいたのか……スゲーな」

軽く途方に暮れていると、決闘もどきが終わったのかリューが声を掛けてきた。助かった！　なんとかして！

「リューも久しぶりですね。でもなんでここにいるんです？　というかこの状況、なんとかしてください」

「あー、うん。ほらクロ、一旦レンから離れて。このままじゃ周りの迷惑だから。な？」

「うー」

「『うー』じゃなくて、な？　……ほら、ちょっとあっちの方に移動しよう。レンも……えっと、そっちの仲間の人達もそれでいいか……じゃなくて、いいですか？」

「え？　あー、はい。大丈夫です」

「すみません、助かります……クロ、行こう？　えっと、レンも」

「むー」

「『むー』でもなくて。ほらほら、レンもいなくなったりしないから」

……いや、なんか……リューが凄い。

あっさりクロを宥《なだ》めたかと思えばそのまま私から引きはがして、場所を移動する方向に話を持っていって……。ええ？　リューだよね？

そんな感じで人混みの中からちょっと離れた所へ。まあそんなに離れたわけじゃないけど、これで多少は落ち着いて話が聞けるかな。


「……えっと、改めてお久しぶりです？」

「うん、久しぶり。レンも元気そうでよかった」

「あー、ありがとうございます？　えー、それで何で２人はここに？」

「うーん……ちょっと色々とあったんだけど、オレ達、今はギムさんの所のサポーターにしてもらえたんだ。で、ギムさんがゴブリン狩りの特殊依頼受けて、それで一緒に来たんだよ」


サポーターというのは端的に言えば冒険者パーティーやクランにおける雑用係の事だ。荷運びや設営、野営時の不寝番、遠征に出た時の拠点の管理等といった後方支援を主な役割とする、とても重要で立派な仕事になる。

基本的には大人数になるクランなどで雇い入れたり、パーティー規模でも遠征時に一時雇いしたりする。パーティーやクランの規模が大きくなればなるほどに重要性の高くなる役割であり、それを専門にする冒険者もいたりする。有能なサポーターほど高名なクランやパーティーからは引っ張りだこになったりもするらしい。

ただ、一部の素行の悪い冒険者や勘違いした冒険者達に安くこき使われたり、乱暴な扱いをされたりするといった問題が根強く残っていたりもする。

ちなみに、一時雇いのサポーターとして、駆け出し冒険者や討伐を受けられない若年の冒険者を雇ったりする場合も結構ある。サポーター専門の冒険者を雇うと結構高くつくらしいので、費用を安く抑えるためだとか、後は面倒見のいい熟練冒険者が後進を育てるためにとか。戦闘にもまだ慣れていない駆け出しが実地でノウハウを学ぶ事ができるので、意外と人気の仕事でもあったりするとかなんとか？

なんでそんなに詳しいのかって？　……私も前世《まえ》の記憶を思い出す前は、まともに孤児院を出た後は採取かサポートをメインにして冒険者活動をしようと思っていたので、当時に色々調べたりしてたのだ。


「あら、それは良かったですね」

「おう！　色々勉強になって、本当に凄くありがたいよ……って、そうじゃなくて、えーっと？」

「クロが私と一緒に行くとか言ってたんですけど……どういう事です？」

「あー……それ、もう聞いたのか。……うーん、話せば長くなるんだけど……流石にここだと、ちょっと……」

確かに、長い話になるならこんな場所で立ち話ってわけにもいかないか。んー。

「リリーさん、アリサさん、その……」

「大丈夫ですよ。込み入った話みたいですし、続きは家の方で話しましょう」

「助かります。それじゃリュー、私達が借りてる家があるので、続きはそちらで……というか、時間大丈夫ですか？　長くなるならまた改めての方がいいですか？」

「あ、じゃあ少し待ってもらっていいか？　ギムさんあっちにいるから、ちょっと説明してくる」

リューはそう言うと返事も聞かずに走っていった。……なんというか、リューの成長が著しい。若いってすごいなぁ。

ちなみにクロはというと、さっきからずっと私にしがみ付いて頭ぐりぐりしていたりする。うーん、この落差よ。


その後、そう掛からずに戻ってきたリューを連れて家路に。途中でリューが屋台で自分の夕飯を買おうとしていたので止め、食事もとっていくように言いくるめたりしつつ帰宅。その間もクロは私の服をつかんで離さず、微妙に歩きづらかったとだけ言っておこう。

帰宅してお風呂に入ったり着替えたりしてから居間で話の続きを再開。ちなみにクロとリューもお風呂に入れた。クロは私と一緒に、リューは1人で。

なおリリーさんとアリサさんは晩ご飯の準備。気を利かせて席を外してくれたっぽい。とはいっても台所と居間を遮るものは特にないので、筒抜けといえば筒抜けであったりするんだけど。

「んーっと、どこから話せばいいかな」

「何から話すのかは全部リューにお任せします」

「……とりあえず、レンが王都からいなくなった後からがいいかな。今、ギムさんの所でサポーターやってる話にもちょっと関わってくる事もあるし」

そう切り出すと、リューは私が王都からいなくなってからの事を話し出した。

……一月半《ひとつき》ほど前に私が王都を出ていってから数日たったある日、ケインが新しくパーティーメンバーを加えたいと言い出したらしい。

皆で話を聞いてみると、なんでも別の地方の街の孤児院出身の女性の冒険者だとかで、色々と苦労をしている、との事。

その女性はケインよりも一つ年上で、孤児院の院長に売られそうになったところを逃げだしてきたという話らしく、その境遇を私に重ねたケインは何とか助けてやりたいと思ったのだそうな。

……うちの院長は孤児を売ったりしないけどね！　むしろ守るために色々苦労してた人だから！

……私の事はどうしようもなかったんだよ。

最初は反対意見大多数だったものの、話を聞いた限りではそう悪い人でもなさそうだし、私の事も思い出してしまってメンバーは全員同情的な気持ちになってしまい、それなりに前向きに検討する事になったそうだ。

とはいえ見ず知らずの相手をいきなり家に住まわせるには抵抗があったため、まずは一緒に採取依頼等を熟《こな》して為人《ひととなり》を見てみようという事になった。

そうして一緒に依頼を熟していくと、真面目な努力家、という感じでみんな好感を持ち始めたらしい。

そうして一緒に仕事をするようになってから、1週間ほど過ぎた頃。

貯えにも多少余裕も出てきたし、たまには仕事を休みにして息抜きを兼ねて全員自由行動しよう、という事で皆街に遊びに出かけたらしい。まあ皆とはいっても全員で行動するわけではなく、仲のいいもの同士や1人で、と結構ばらけて遊びに行ったとの事。

そんなわけでリューが街で1人、買い歩きをしていると聞き覚えのある声がした。

あたりを見回してみると、路地裏へ続く小道のあたりに知ってる顔が。ケインが仲間にしたいと言ってきて、最近一緒に行動するようになった女性冒険者だった。

1人でぶらつくのも飽きてきたし知らない仲でもない、声を掛けて少し一緒に遊ぶのもありかな、と考えたリューは声を掛けようとした。……したのだが。

「……なんだか、知り合いと話してるみたいでさ。だからいきなり声を掛けるのもどうかなって迷ったんだ。そしたらその話してる内容が聞こえちゃって……まずい事してるかも、って最初は思ったんだけど……」

ところがその会話の内容が問題だった。というか大問題だった。

どうやら件《くだん》の女性は、トリエラ達の拠点になってる家の乗っ取りを企てていたらしい。一緒に家に住むようになった後、仲間の腕自慢のごろつきを使って家を奪うつもりでいたようだ。

カッとなったリューは怒鳴りつけそうになったらしいんだけど、相手は体格のいいガラの悪い男と一緒にいる。ここで感情的になって食って掛かってもいい事にはならないような気がして、その時は我慢して急いで家に帰ったそうだ。

そしてリューは帰宅して皆が帰ってきた後、こっそりとマリクルとトリエラを呼んで昼間の出来事を相談する事にした。この時ケインを呼ばなかったのは、余計に話が拗《こじ》れるんじゃないかと危惧したからだったとか。マジでリューの成長が凄い。

2人はリューの話を信じたらしい。最近のリューの成長ぶりから、彼がそんなつまらない嘘《うそ》をつくようには思えなかったし、何よりとても真剣でそんな風には見えなかったから、と言っていたとかなんとか。

その後はギムさんにも相談して、問題の女性と一緒に依頼を熟したりしつつ、依頼を終えた後にあとをつけるなどして現場を押さえ、ギムさんの介入もあって事なきを得たそうだ。

ケインへの報告は全てが終わった後にしたらしい。

ケインは話を聞くと怒るでもなく愕然《がくぜん》とした表情で椅子に座りこみ、それからしばらくすると部屋に戻っていったという。

翌朝、ケインは朝食の場でパーティーの皆に土下座して謝罪したという事だった。

それからのケインは多少落ち込んでいる様子はあったものの、真面目に採取依頼とゴブリン退治を頑張っていたそうだ。

……でもそれから1週間後、ケインは急にパーティーを抜けて出ていくと言い出したという。

「……自分はリーダーとして頑張ってきたつもりだけど、考えの甘さとかで皆に迷惑ばっかり掛けてるから、それで仲間が傷付いたりするくらいなら自分の馬鹿で迷惑を被るのは自分だけでいいって、そう言ってた」

かなり悩んだ末の結論だったらしく、説得には応じなかったらしい。特にマリクルは何とか説得しようと言葉を重ねたけど、まったく耳を貸さなかったそうだ。

そして驚くのはここから。ボーマンがケインについていくと言い出した。

「……ボーマンもさ、みんなと一緒にいると自分の怠け癖と甘えがでちゃうから、自分を見詰め直したいって」

だけどこの2人だけではどう考えても問題しか起こりそうにない、という事でマリクルも一緒に行くと言い出したらしい。でもそれはケインに断固として拒否されたという。女子だけでは安全面で問題があるし、力仕事ができる奴がいた方がいい、と。実際それは一理あるため、マリクルはそこで黙り込んでしまった。

そしてリューはケインと目が合ったけど、一緒に行くと即座に口にする事はできなかったという。

『……オ、オレは』

『お前は残れ』

『オレッ！　オレも一緒に！』

『駄目だ、残れ。……トリエラ達を頼む』

『……、…………わかった』

というやり取りがあったとかなんとか。

そしてケイン達はその日のうちに家を出ていった。

それから３日後、採取依頼を終えて家に帰ろうとしているとリューはケインに呼び止められたらしい。その時は全員で手分けして生活必需品を買ってから帰るという事で、リューは１人だった。

「その時に聞いたんだけど、ケインは出ていくって話し合いをした日にはもう、あるパーティーでサポーターをやる事が決まってたんだって。前々から色々動いてたって言ってた」

本当はトリエラやマリクル達全員でそのパーティーのサポーターに、という予定で相手側と話し合いをしていたらしい。でも乗っ取り未遂事件が起きた事でケインは予定を変更した。

……なんと、自分が抜けた後の皆をギムさんのパーティーでサポーターとして使ってもらえるように、頼み込んで了承を得てきたというのだ。

「……自分達が抜けた後、男手が減ったら色々危ないだろうからって、後ろ盾って意味でもあるって言ってた」

実はケインもかなり成長していたらしい。

……その代償はとても大きかったようだけれど。

１５２　新しい仲間が増えるみたいです？

リューの話はまだ続いている。


リューがケインと話をした翌日。

ギムさんの所へ行って話を詰めて、パーティーでのサポーターとしての活動は翌々日から開始したらしい。

全員で行っても必要以上に人数が多くなって無駄が多くなるため、基本的に３人ずつ同行する形に落ち着いたとの事。

組み合わせはマリクル＋アルル＋クロｏｒリコと、トリエラ＋リュー＋クロｏｒリコ。必ず男子１人がいて、リーダーがいて、最後の枠はクロかリコが入る形だ。

とはいってもいきなり遠征するわけではなく基本的に日帰り、遠出する場合でも近場で２～３日から４～５日で帰ってくる距離で活動していたという話だった。

「それで、クロの話はケインが出ていってしばらく経ってからかな」

ケインの根回しでギムさんのパーティーでサポーターとして活動するようになってからしばらく経った頃、クロがこっそりと家から抜け出そうとしてるところをたまたまリューが見つけたらしい。正確には家から抜け出してそのままどこかに行こうとしてるところに出くわした、との事。

「なんかクロの動きが妙に周りを警戒してる感じでさ……これはなにか怪しいなって思って、声を掛けたらなんかすげーびっくりして飛び上がってた」

何をしてたのか、どこかに行くのか、そう何度か問いかけてもクロはオドオドキョロキョロしながら、しどろもどろと落ち着かない様子で。

それで少し強めの口調で問い詰めたところ、耳を伏せて諦めた様子で白状したらしい。

「『レンちゃの所に行く』って」

以前、これから先どうしたいのかとトリエラ達に聞いた時、クロは私と一緒に行きたい、と言っていた事を思い出した。

クロはずっと私の所に行きたいと、本気で考えていたらしい。だけど今一緒にいるトリエラ達と離れるのも、それはそれで憚《はばか》られる。それに誰もこの群れから離れていこうとしない。

猫系獣人という種族は基本的に個人主義ではあるものの、それでもある程度の群れを作って生活する種族だ。それなりの理由がなければおいそれと群れから離れたりはしないのだという。だからクロもパーティーから抜けたい旨を言い出せず、我慢していたらしい。

それにクロはこの群れの中での自分の役割というものを理解していたし、自分がいなくなる事の影響もしっかりと理解していた。

だが、ここでケインが群れから出ていった。説得に耳も貸さず、あまつさえ群れの一部を連れていってしまった。ここでクロは、もし自分も群れから離れたいなら、それは別に構わないのだと判断したらしい。

とはいえ私《レンちゃ》の事は好きだけど、トリエラ達に対して情がないわけではなく、むしろ私《レンちゃ》の次には好きだ。自分の気持ちを伝えて泣かれたり怒られたりするのは嫌だったクロは、こっそり抜け出す事にした。……一応、置き手紙は残していたとの事だけどね。

そんなクロの話を聞いたリューは呆《あき》れと怒りとが同程度には湧いたそうだ。かといって、かなりしょんぼりした様子のクロに対してここで叱りつけてもそれはそれでどうなのか、と思ったリューは宥《なだ》めながら説得する事にしたらしい。

『クロの気持ちはわかった。だけど、黙って出ていくのはダメだ。ちゃんと皆に自分の気持ちを話して、了解を得ないと絶対後悔すると思う。オレも一緒に皆の事説得するからさ、だから一度帰ろう』

と、こんな感じの事を言ったらしい。

「リュー、一緒に謝ってくれて、色々助けてくれた」

「そうなんですか……よかったですね、クロ。リューも一緒に頑張ったんですね」

「いや、それは仲間の事だし、当然だろ？」

ちょっと照れた感じでそっぽを向くリュー。

うーん、なんだかリューはもう以前とは別人みたいに成長してるよね。本当に若さって凄い。

そんなこんなで家に戻った２人はしっかりとクロの想いを伝えて皆を説得し、全員からの理解を得た上でパーティーから離れる了承を得た。

ちなみに一番ごねると思われていたリコは特にごねたり騒いだりする事もなく、むしろクロの気持ちに理解を示した上で後押しまでしてくれたとの事。

『私も一緒に行きたいけど、今の私じゃ足をひっぱるだけで邪魔になっちゃうから』と、そう言っていたそうだ。ついでに『私の分もレンちゃんの傍にいてあげてね』とかなんとか言ってたらしい。

いやいや、私だって子供じゃないんだから、なにそれ？


その後はまたしてもギムさんに相談し、基本的に遠征にはクロが付いていく事と、場合によってはその遠征先でクロが抜ける事の了解を得たりと色々大変だったっぽい。

そうして活動を続けていくうちにギムさんが今回のゴブリン駆除の特別依頼を受けてきた。ギムさんがギルドで色々と話を聞いたりしたところ、もしかするとこの依頼元の町に私《レン》がいるかもしれない、という話も持って。

「それで実際に来てみたら本当にレンがいるし、ギムさんってマジですげーよな！」

それでさっきのクロの私と一緒に行く、に繋《つな》がると。なるほどなー。

「あ、一応先に言っておくけど、無理なら無理で別に大丈夫だから！　レンにも都合があるし、駄目だった場合は今回は諦めて、もっと色々成長してからまた出直してくるって事でクロも納得してるから。ほら、年齢の問題とかあるから、受けられる依頼内容の幅とかに影響でるってギムさんにも言われてさー」

おー、そこまでちゃんと話し合ってるのね。

「話はわかりました。私個人としてはクロがパーティーに加わるのは別に構いません。ただ、ウチのリーダーは私ではないので、私の一存で勝手に決めるというわけには……」

ちらりと横目で台所の方を見やると、やや下の方に視線を向けながらリリーさんが腕を組んで少し考え込んでる様子だった。あ、目が合った。

「……」

え、何？　なんで黙ってこっち見てるの？　って、次はクロの事を見て……また少し考え込んだかと思ったら、その次は横のアリサさんの方に顔を向けた。

「任せるよー」

「そう？　それなら……うん」

なにこのツーと言ったらカーって感じのやり取り。愛？　愛なの？　あ、すみません。腐れ縁ですね、ハイ。

……そんなに睨《にら》まなくてもいいじゃん。

「コホン。それでは気を取り直して……えーと、クロさん、でしたか？　それともクロちゃん？」

「どっちでも大丈夫」

「そうですか、じゃあクロちゃんで。そうですね……クロちゃん、貴女《あなた》は何ができますか？　得意な事は？」

「うー？」

「あー……すみません。オレが代わりに答えますんで、いいですか？」

「構いませんよ。じゃあちょっとこっちで話を……」

……リューが台所の方に連れていかれてしまった。っていうか、クロ……自分の事なのに説明できないのは、流石《さすが》にちょっとどうなの……？　っていうか未だにしがみ付いてるのもどうなの？

「クロー、こっち来てー」

「むー」

「『むー』じゃなくて。自分の事だろー？　ほら、早く！　……レンはいなくなったりしないから、ほら」

「うー……わかった……」

あら、クロも行っちゃった。それにしてもリュー、気分屋で扱いづらいクロの事をよくもまああそこまでうまく動かせるよね。流石に私でもあそこまでうまく扱うのは難しいのに……これもリューの成長なのかな？　違う？

台所の方でリリーさん・リュー・クロによる質疑応答のような面接のような三者面談が始まると、アリサさんが晩ご飯を運んできた。パン、ポテサラ、焼いたオーク肉！　あと野菜スープ。うん、美味しそう。

料理を運び終わるとアリサさんはそのまま空いた席の一つに座った。

「アリサさん、さっきのリリーさんとのやり取りってなんだったんです？　任せるって？」

「あー、私はどっちでもいいから、後の判断は全部リリーに任せる、って意味だよー」

「なるほど？」

「私達の間では難しい事を考えるのは昔からリリーの担当だったからねー。後はリリーに任せておけば大丈夫だよー」

「アリサさんはそれでいいんですか？」

「いいのいいのー。でも一応言っておくと私も考えてないわけではないからねー？」

「…………そうなんですか？」

「……その微妙な間は流石にちょっと傷付くものがあるねー……。でもそうだねー、私の考えとしては仲間に入れてもいいかなーと思うよー？」

「そうなんですか？」

「うんー。理由としてはいくつかあるけどー、まずレンさんの傍に信用できる人を置けるっていうのがひとつー、次に単純に人数が増えればできる事が増えるっていうのがひとつー、でー、あの子、猫獣人だし、装備とか見た感じだとスカウト系だよねー？　ってなると、素敵とかを任せられる仲間が増えるっていうのも大きいねー」

……お、おう。想像以上にしっかり考えてるっていうか、観察眼とかもちゃんとしてたのね……。いや、これまで一緒に活動してきてわかってはいたんだけど、こうしてちゃんと口にされるとより実感が湧くというかね？

「犬、猫系の獣人、特に猫獣人のスカウトは気配を消すのもちょっと次元が違うって聞くからねー。他にもいくつか理由はあるけど、大きいのだとこの３つかなー」

「……」

「うーん、その驚いた顔もちょっと傷付くよー……。ちなみにリリーも同じくらいの事は普通に考えてると思うよー？　だからあの面談はクロちゃんの能力と意思の確認くらいの意味だと思うなー」

「そうなんですね……」

「そうなんだよー。あ、終わったみたいだねー」

あ、リリーさん達がこっちに来た。

「あれ？　まだ食べてなかったんですか？」

「え？　皆で一緒に食べますよね？」

先に食べてても良かったけど、２人だけで食べるのもちょっと味気ないしね。

「あー、そうですね。それじゃ続きは食べながらにしましょうか」

「そうしましょう」

「そうしよー！」

というわけで話の続きは食事しながらという事になった。

結論から言うと、リリーさんはクロの加入は賛成。主な理由はアリサさんとほぼ同じ。

現時点でもスカウトの役割はノルンとベルが担ってはいるんだけど、２匹の言葉を理解できるのが私だけなのでどうしても役割配置の自由度が減るという問題があるのだ。でもここにクロが加わると私を経由しなくても情報のやり取りができるようになる、という事だそうで。なるほどなー。

他にも二手に分かれて活動する事も視野に入れているとの事だった。そもそも今の３人だと私１人が制限年齢未満なので、討伐系依頼を受けているとどうしても変な目で見てくる連中もいるのだ。他にもアリサさんの実戦経験を積む意味でも敢えて２人で動く方がいい場合もあるとの事。まあ、他にも色々あるらしいんだけど、ここでは割愛。

「それじゃクロは加入決定、という事ですか？」

「そうなりますね。ほら、クロちゃん」

「レンちゃ、よろしく！」

「えっと、よろしく……？」

という事で新しい仲間が増えたよ、やったね？

「よかったな、クロ。迷惑掛けないように頑張れよ！」

「頑張る！　リューも、色々ありがと！」

「おう！　へへっ」

直球でお礼を言われて照れるリュー。イイハナシダナー。

「これで二手に分かれて活動したりもできるようになりましたね。クラン内での編制としては基本的に私とアリサ、レンさん達とクロちゃん。あと、場合によってはノルンさんとベルちゃんも別行動がとれるようになりますし、運用の幅がかなり広がりますね」

「ああ、なるほど……」

リリーさん、色々考えてくれてたんだなあ。

「……そうなると分隊名というか、クラン所属の各パーティー名も考えないといけませんね」

……そう来るか。

「名前……格好良くて可愛い名前……」

ああ！　リリーさんがまたドツボに！

153　リリー……！　面倒な子……！

……さて。パーティー名についてはひとまず置いておいて、これからどうしようか？

「それじゃオレそろそろ帰るよ。クロはどうする？　あっちに荷物とかもあるだろ？　明日朝一でオレが持ってこようか？」

「今、取りに行く」

「それはダメだ。今、取りに来るって事は、帰りは1人になるだろ？　オレも正直クロなら大丈夫だとは思うけど、万が一って事もあるから、ダメ」

「むー！」

「『むー』じゃないよ。ダメなものはダメ」

うーん、リューはクロのお母さんかな？

「それなら、私達全員で荷物を取りに行くというのは？　そうすれば女子だけとはいえ帰りは4人ですし。あと、ギムさんにも挨拶しておいた方がいいと思うんですよね。それとさっきの話を聞いていた限りだと、今回一緒に来てるのってトリエラですよね？　私も久しぶりに顔も見たいですし
……」

「うーん……………いや、それもちょっと賛成できないかな、オレは。……いや、レンや仲間の人達が弱いって話じゃなくて、そういうのとは別にやっぱり女の子だけで夜道を歩くっていうのはダメかなって思うから。あとトリエラは自分でこっちに会いに来ないと思うから、こっちから会いに行くのは良いと思う。ほら、トリエラってあの性格だろ？　仕事で来てるんだから偶然会うなら別だけど、わざわざ時間を作って会いには行かないって言ってギムさんの事困らせてた。ギムさんもちょっと時間作るくらいはいいって言ってくれてたんだけど、真面目過ぎるのも考えもんだよなー」

「あー……」

なんか顔を合わせるたびにリューの紳士っぷりも加速してるんですが。あれ？　イケメンかな？　あ、リリーさんもアリサさんも年下の男の子相手とはいえ女の子扱いされて照れてる。そしてトリエラは……うん、安定のトリエラって感じ。寂しいけど、これがトリエラだからなあ……。それにあっちから来ないならこっちから会いに行けば問題ないしね。

「あと挨拶も無理にしなくてもいいよ。今回のクロの件はレンが引き抜きをかけてきたってわけじゃないから、無理にこっちに来なくてもいいって伝えるようにってギムさんに言われてるから」

「そうなんですか？　なら、うーん？」

「いえ、それはそれとしてきちんと挨拶には行きますよ。私達もギムさんとは顔見知りですし、以前のレンさんの一件でも色々お世話になりましたから……こういうところで変に不義理になる可能性を残すよりも、ここで多少の労力を払う方が後々問題も減りますしね。仮に知り合いじゃなかった場合でも、話を聞くだけでもその人は面倒見が良くてかなり人の好さそうな方ってわかりますし、そういう方ならこういう機会に縁を繋《つな》いでおくのも悪くありませんから」

「え、あー……そういうもんなのか、ですか？」

「プッ」

「……なんだよ、笑うなよー」

「いえ、すみません……プフッ」

「……第一印象とか大事だからって、前にギムさんに言われてしゃべり方？　口調っていうの？　そういうの直そうとしてるんだけど、なかなかうまくできなくて……難しいよなー、こういうのって」

なるほど、前々からしゃべり方とか気を付けてる風ではあったけど、ギムさんの助言があったのか。

「そうですね、大変でしょうが身に付けておいて無駄になる事はありませんから、頑張ってください」

「うん。って、本当にそろそろ帰らないとまずいな。外、真っ暗だ」

「そういえば今はどこに泊まってるんです？」

そうそう、今まで考えてもいなかったんだけど、この町って宿の数はそんなにないのに、ゴブリン討伐の特殊依頼が出てからかなりの数の冒険者が増えてるにもかかわらず一体どこに泊まってるのか、さっき気付いてちょっと気になってたんだよね。

「え？　あー……この町の宿って最初の方に来た連中とかですぐに全部埋まっちゃったとかで、後から来た連中はみんな町の外で寝泊まりしてるよ」

「え？　町の外にですか？」

「あれ、レンさん知らなかったんですか？　ゴブリン退治に来た人達って、この町から街道を挟んだ向かい側の開けたあたりにテントとか張って生活してるんですよ。あのあたり一帯が宿泊地みたいになってます」

「そうだったんですか？」

「……レンさんって直接関係ない他の人の事とかってまったく興味持たないよねー……」

「アリサ、どっちかっていうと興味持たないっていうより無関心って感じじゃない？」

「……ソンナコトナイデスヨ」

うん、そんな事ないよ？　……多分、ない……はず。

よし、この話はやめよう！　話題を変えよう！

「えーっと、でもそんな風に大人数を集めたら縄張り争いとかで揉《も》めたりしないんですか？」

「あー、それは意外と大丈夫なんだ。一定間隔で杭《くい》を打って、その杭と杭をロープで縛って区分けしてあるんだよ。それぞれのスペースは結構広いから、火を起こして煮炊きとかもできるし。あと、こういうの仕切るのが好きな人が何人かいてさ、揉め事が起きるとそういう人達が出てきて何とかしちゃうんだ」

「なるほど……お風呂とかはどうしてるんですかね？」

「あ、それはギルドの裏手側に共同浴場作ったみたいですよ。町に戻ってきたらお風呂に入って、汚れを落としてから宿泊地に戻るようにギルマスが徹底してるって話です。あと、ちゃんと男女で分かれてるみたいですね」

おー……なんか意外と色々しっかりしてるんだ。あのギルマス、やり手だなぁ。

と、そんな話をグダグダしてたら本当に外が真っ暗になってきたので、リューは慌てて走って帰っていった。クロの荷物は明日の朝一番でリュー達の、というかギムさんの拠点に取りに行くという事になった。

ちなみにさっきリューが言っていた『トリエラは会いに来ない』というのは、その拠点となっている宿泊地のテントとかの維持管理をしてるからなんだとか。王都にいた時の勉強会の後からギムさんのパーティーメンバーに女性が1人新しく加わっていて、基本的にその人と一緒に行動しているらしい。ギムさん、なんだか色々気を遣ってくれてるっぽい……本当に面倒見が良くていい人だなあ。

ちなみに今晩のクロの寝床は私のベッドで一緒に寝る事になりました。寝付くまでは私のお腹にしがみ付いてきてたけど、朝起きると私の足の方で丸くなっていた。うーん、猫……。

日課？　いや、流石にこの状況ではしないよ？

そして翌朝、クロの案内でギムさん達のテントへと移動。

クロの荷物回収と共に、リリーさんアリサさんの挨拶も兼ねてギムさんと少し雑談。でも残念な事にトリエラとは会えずじまいだった。朝食用と遠出用のパンを買い出しに町の方に行っていると

かで、入れ違いになってしまったらしい。

仕方ないのでリューによろしく伝えてくれるようお願いして、帰る事になったのだった……悲しい。

帰宅後は軽く朝ご飯を食べて諸々の準備をし、町の外へ。クロとの連携訓練も兼ねてゴブリン狩りなのだ。

とはいっても昨日の結果が結果だったから、今日もそんなに遭遇する事はないとも思ってたりはするんだけど。

「さて、当クランに新たにクロちゃんが加入したわけですが、いきなり危険度の高い依頼を受けたりはしません。そういう依頼を受けるのは、まずは実戦寄りの実地訓練を行って、ある程度連携を取れるようになってからです」

「はーい」

「はい」

「ガウッ」

「わふっ」

「うー！」

「……はい、皆いい返事ですね。では早速始めましょうか。……とはいっても私達の中でスカウト系の動きができるのがノルンさんとベルちゃんだけなので、まずはこの2匹に付いて行ってもらって、動きを見て覚えてもらう感じでしょうか……」

「わかった」

「そして戻ってきたら私達に報告してもらう事になります。クロちゃんは口で説明するのが苦手なようなので、報告に慣れてもらうまではある程度この訓練を続ける予定です」

「うー……わかった」

クロ、本当に苦手なんだね……表情が凄く微妙な感じ。でもやる気がないわけではなく、真面目にやろうとしてる感じはするから、大丈夫かな？

「報告もただ敵がいた、なんていう感じではなく、どういう相手がどのくらいいたのか、武器は何を持っていたのか、どういう様子だったのか、更に後方にも相手の仲間がいそうなのか……そういった色々な情報を正確に伝えてもらわないと、私達も適切な次の行動が取れなくなります。これはとても重要な役割だという事を理解してくださいね？　これが適切に行われないと最悪の場合、私達は全滅する事もあり得ます」

「重要！　リリ、わかった！」

おお。重要な役割を任せられてるという責任感を刺激して、更にやる気を引き出したっぽい。

……それはそれとして、リリーさんの呼び方『リリ』なんだ……ほぼ呼び捨てだけどリリーさん良いの？　……うん、全然気にしてないっぽいね。ちなみにアリサさんの事は普通に『アリサ』って呼んでるっぽい。

……私も2人の事呼び捨てにしようかな？　いや、うーん……。まあ、何か良いタイミングがあればという事で……？

というわけで、れっつらごー！

……初日の戦果はゴブリン2匹、猪《いのしし》3匹、角兎《つのうさぎ》15羽となかなかの結果。クロの報告の仕方は……まあ、それなりに上達した感じかな？　なお、不思議な事にクロはノルン達の伝えたい事がなんとなくわかるみたい。マジカルケモノパワー？　理屈はよくわからないけど便利なのでヨシ！

あとはクロの強化なんだけど、色々悩んでアリサさんとも相談した結果、現状維持という事になった。【技能付与】による促成育成はあまり良くないというのはベルの一件で判明してるし、そもそもアリサさんが言うにはクロの戦闘スタイルはある程度確立してはいるものの、完全にものにしているというにはまだまだらしい。装備品に関しても同様で、クロの身体はまだ二次性徴前でこれからもどんどん成長するはず。そんな発展途上で下手に強力な武器を与えても、将来的な成長を考えると良くないって事だそうです。アリサさん曰《いわ》く。

でも大怪我されても困るので、防御面の補強のために『防護の指輪』なんてものを作って身に付けさせておいた。これは身体の表面に魔力の防護膜を常時展開するマジックアイテムだ。これを装備しておけば不意打ちを受けても即死は防げるはず。

……これの防御効果を過信して無謀に突っ込んだりしないように、かなりきつく言いつけておいたけどね。というか渡してすぐにやらかしたので、滅茶苦茶叱りつけました。クロ、あかん子や……。

その後、町に帰還したけどギルドには寄らずに真っ直ぐ帰宅。いや、ゴブリン2匹程度納品してもね……。猪と角兎は自家消費する方向で。

で、家に着いた後に私はクロの部屋を製作。空き部屋が余っているので場所の確保には困らなかった。ただ、クロは1人で寝たくないとごねたので、当面は私と一緒に寝るという事になった。まあ、そのうち落ち着くでしょ、多分。

私がクロの部屋を作ってる間にリリーさん達は晩ご飯の準備。部屋が出来上がる頃にはご飯も出来上がっていた。

食事の後は順番にお風呂に入り、その後はついに……！

「というわけで第2回クラン名決定会議を開催したいと思います」

「リリーさん、今回はパーティー名です」

「いいんですよ、そんな細かい事は！　とにかく名前です、名前！」

えええ……なんでそんなブチ切れてるの……？　理不尽じゃない？

「というわけで、はい！　レンさん！　何かありますか！」

しかも私からかよ！　さては確信犯でやってるな……？

「そうですね、じゃあ私とクロのパーティーは『ブラックロータス』でお願いします」

「『ブラックロータス』ですか……ちなみに由来とかは……？」

「そのまま、私達の名前ですね。クロで黒《ブラック》、私がレンで蓮《ロータス》です」

「……なるほど、いいですね！　それじゃあ次は……」

「あ、リリーさん達のパーティー名はそちらでお願いしますね」

「……えっ」

いや、『えっ』じゃないから。何度も言うけど私は自分のネーミングセンスに自信がないから、そういうのを期待されても困るよ。

「えー……えーと……あ！　アリサ！　何かない⁉」

「ないねー」

「ないねー、って！　何かあるでしょ⁉　何か！」

「ないねー」

「アリサあああああ」

「そんな泣きそうな顔されても何も思いつかないよー」

「そこをなんとか！」

「じゃあ前回ボツになった『告死天使《アズライール》』で……」

「それは駄目だよおおおおお！」

「もー、リリーは我が儘《わがまま》だなー」

「我が儘じゃないよ！　もっと可愛い感じのやつがいいの！　殺伐ダメ！　絶対！」

またしてもリリーさんが泣きそうになってる……うーん、仕方ないにゃあ。

「……リリアレス、リリアケア、リリウム」

「え？」

「リリアレス、リリアケア、リリウム。このあたりから気に入った奴選んでください」

「……いいんですか？」

「キリがないので」

「えーっと、ちなみに一体どんな意味だったり……？」

「リリーさんとアリサさんの名前にちなんでですね。植物の分類の名称というか、そういう感じのやつでユリ目《リリアレス》、ユリ科《リリアケア》、ユリ《リリウム》。ちなみにアリサ《チューリップ》さんの場合は最後の部分がチューリップに変わります」

「おお……なんだかすごくいい感じ……！　でも、どれがいいかな……？　うーん……！」

「私はリリーが気に入った奴でいいよー」

アリサさん、もう面倒になって凄い投げやりな感じになってる……！　このままだといつまでたっても決まりそうにないし、またしても仕方ないにゃあ。

「リリーさん任せだとまだまだ時間が掛かりそうなので、ここは『リリアレス』にしましょう。語感的にもリリー・アリサとリリアレスでなんとなく似てるような気がしますし」

「え？」

「はーい、けってー！　リリー、私達のパーティー名は『リリアレス』だよー」

「え？　え？」

「よし、パーティー名も決まったしもう寝よー！　はい、かいさーん！」

「え？　え？　え？」

物凄く強引にアリサさんが場を切り上げたー！　でもリリーさんに絡まれても面倒なので私も乗ろう！　このビッグウェーブに！

そうと決まれば自室へ脱兎《だっと》！　ほらほらクロも急いでー！　おやすみー！

154　猫って凄い気まぐれなんですよ、という話

それぞれのパーティー名も決まった翌日以降もクロの訓練を兼ねた常設討伐依頼を受ける日々。基本的に日帰りの距離でしか行っていないとはいえ、ゴブリン以外にも狼《おおかみ》系や猪《いのしし》系の下位の魔獣、稀《まれ》にコボルトといった他の魔物にも遭遇する事もあったりして、それなりのペースで経験を積めている。

討伐が終わり町に戻った後は、素材の溜《た》まり具合次第でギルドに寄って換金したりしなかったり。

その後もすぐに家に戻るわけではなく、クロ達と再会する事になった町はずれの闘技スペースへ行って適当な冒険者を相手に手合わせをしたりもしている。まあ手合わせっていっても実際にやってるのはアリサさんとクロだけなんだけど。

私とリリーさんはそもそも後衛配置の魔法使い型でこういう手合わせ向きじゃないので、基本的に観戦してるだけ。あとは数日に一度は観戦しないでアリサさん達2人を置いて、リリーさんと一緒に食材を買い出しに行ったりとか？

……いやまあ、食材は私の【ストレージ】に文字どおり山盛りで入ってるけどね……そう、今のパーティーメンバーの人数で半年から1年くらいは大丈夫なくらいの量が。

え？　多過ぎる？　うーん、そうは言うけど不作の時の食糧不足とか本気でやばいからね？　孤児院にいた頃に2度ほど不作の年があって、その時は本気で餓死するかと思ったくらいだから……。ここは飽食の現代日本じゃないんだよ。

ともあれ、そんな感じで今日は2人の手合わせの観戦をしていたりする。んでもって私がいま観てるのはクロの方。

今日のクロの相手は13～14歳くらいの剣士の男の子冒険者だ。

年齢差と性差で体格に差もあって、筋力差もあって、普通に考えるとクロの方が断然不利なんだけど……なんていうか、うん。実際戦ってみると速度と手数で逆にクロが圧倒してたりするのだ。

まず、相手の攻撃が全然当たらない。

相手の男の子はやや短めのバスタードソードというか、若しくはやや長めの長剣というか、そんな感じの半端な剣を両手持ちで使ってるんだけど……大振りや小振り、あるいはフェイントを交えて攻めているものの、クロにはかなり余裕をもって回避されている。完全に見切られてる感じだ。

それに対してクロは正面から攻める時は手や首を狙いつつ、相手の死角に回り込んでは防具に覆われてない部分や関節に強打を打ち込んで確実に相手を削っていく。

クロ達の武器は相手に過剰に怪我をさせないように刀身は鞘《さや》に入れたままで、そこから更にロープで布を巻き付けてあるんだけど、それでもかなり痛そうな音が聞こえてくる。

うん、筋力差で負けてるとか全然ないわ。クロってば、ちょっとえげつないくらいに見た目詐欺。

クロの強打。あれ、全身の筋肉をばねのようにしならせて打ち込んでるんだよね。クラン加入後からアリサさんが教え込んでるんだよ。それが関節とか急所に正確に打ち込まれるの。ゲーム的表現で表すと『クリティカルヒット！』って感じの攻撃。

それがクロのほぼ全部の攻撃で打ち込まれてくる。ちょっと意味がわからないですね……。

「うわぁ、えげつねえ……」

「いやいや、あの猫の嬢ちゃん、もうちょっと加減とかしてやれよ……」

「相手の方、あれだろ？　ロブの所の何度か話に上がってた奴だろ？　かなり筋がいいってロブの奴が褒めてなかったか？」

「そのはずなんだが……なあ、あの嬢ちゃんどこの奴だ？　お前知ってるか？」

「うーん知らねえなぁ……ああ、いや待て。確かギムの所で見たような気が、って」


ゴギィッ！


「……あれをああやって防ぐか」

「やっべェな、あのちび助」


ドゴォッ！

「うわ、更にあそこからあれは……ちょっと、えぐ過ぎんだろ……」

うーん、周りのおじさん冒険者達の声がとても耳に痛い。

ちなみに今のおじさん達が言っていたクロの戦闘内容はというと、相手の男の子が逆転狙いで体格と筋力の差を生かして体当たりで無理やりクロを吹っ飛ばして、そこからクロが体勢を整える前に渾身《こんしん》の一撃を打ち込もうとしたところで、相手の柄を握った手の指目掛けてクロが逆に渾身の一撃を打ち込んで武器を手放させた後、至近距離から全身を使って相手の鳩尾《みぞおち》に突きを打ち込んで勝利、というもの。

おじさん達の会話の合間に聞こえた1回目の打撃音は指に打ち込んだ時の音だったりする。2回目の打撃音は鳩尾への打突音ね。

そんな容赦ない攻撃を受けた相手の子は崩れ落ちるようにして倒れてしまった。

……あれ、相手の子の指が折れてたりとかしないよね？　お腹を押さえてるところを見ると、気絶したりはしてないみたいだけど……いやホント、大丈夫？

あ、おじさん達が何人か近寄っていった。

「おうボウズ、大丈夫か？　ちょっと見せてみろ……ってこりゃヒデェ、何本か指が折れてんぞ」

「うわーやっちまったな嬢ちゃん、こりゃ罰金だぞ。あんまり大きい怪我させたらダメって事になってんの知らねーのか」

「右が中指から小指まで、左が人差し指から薬指まで……幸い関節は大丈夫そうだな……」

「おい、腹の方も見せてみろ……うわ、こっちもでけェ痣《あざ》になってやがる。内臓の方、大丈夫かコレ？　……嬢ちゃん、もう少し手加減してやれよ」

おじさん達に色々言われてしょんぼりした様子のクロがこっちに戻ってくる。むむ、クロの後ろにおじさんが１人付いて来てるな。

「レンちゃ、勝った……」

「はい、おめでとうございます。でも、ちょっとやり過ぎちゃいましたね」

「うー……ごめんなさい……」

「次は気を付けましょうね」

「うん……」

うわー、めっちゃ凹《へこ》んでる。仕方ないとはいえ知らないおじさん達に寄って集《たか》って諫《いさ》められちゃったりしたからなあ。

それにしてもクロは加減が苦手っぽいな……じゃれついてた猫がいきなりマジ噛《が》みしてくるのに通じるものを感じる。ルールとかはちゃんと知ってるはずなんだけど、アリサさんに伝えてこのあたりの加減の仕方とかも訓練しておかないと駄目かも？

「あー、ちょっといいか。あんたがこの子の付き添いって事でいいのか？」

あ、クロと一緒に来たおじさんが話しかけてきた。

「はい」

「なんつーかその、言いづらいんだが……そっちの猫の嬢ちゃんなんだが、今回はやり過ぎっつー事で罰金と治療費を払ってもらわないといけねぇんだが……大丈夫か？」

「ああ、はい。大丈夫です。罰金はおいくらですか？」

「小金貨5枚になる……本当に払えるか？」

「大丈夫です……はい、こちらを」

なるほど、不意の事故は仕方ないとしても、わざとやらかそうとする馬鹿への対策でかなりお高めに設定してあるっぽいね、罰金。妹分の事だし、ここは私が払っておこう。

「……ああ、確かに。それと治療費の方なんだが……」

「あー、それなんですが、ポーションの現物支払いってできますか？」

「ポーション払いか……できなくはねぇがそれを使っても完治しなかった場合、結局はそれから治るまでの分の治療費も払ってもらう事になるから、あまりお勧めはできねぇぞ？」

ありゃ、そうなのか。んー、でもまあ、一応試してみるか。

「なら、とりあえずポーションを飲んでもらって、その結果次第でという事でお願いします」

「そこまで言うならこっちはかまわんが……どうなっても知らねーぞ？」

まあ治らなかったらその時はその時ですよ。そもそも自作の中級ポーションだから、駄目だったとしても別に懐が痛むわけでもないし。

……で、ポーションを飲ませた結果だけど、あっさりと完治しました。

「おいおい、すっかり治っちまったぞ」

「……これ、上級ポーションじゃねーのか？」

「嬢ちゃん、これ使っちまって大丈夫だったのか？　いざという時用の備えとかだったりしないよな？」

「いえいえ、別にそんな事はないので大丈夫です」

「そうなのか……それなら別にいいんだがよ。……うーん、勿体《もったい》ねぇなァ……」

ありゃ、なんかぶつぶつ言いながら行っちゃった。

んー、これからどうするかな……？

「クロはまだやります？」

「んーん、今日はもういい」

「そうですか……じゃあアリサさんの方でも見に行きましょうか」

「うん」

それじゃアリサさんを捜そうか。

とりあえずあっちの方でも……あ、いたいた。おお、こっちもかなり激しくやり合ってるなー。

アリサさんは左腕に付けたガントレットを上手く使って、相手の攻撃を受け止めたり受け流したりしている。それを盾代わりに使うだけじゃなくてそのまま殴りつけたりと、こうしてみると結構荒っぽい戦い方してるね……こっわ。

あれ？　そういえばいま使ってる剣って『フェザー』の方じゃなくて前から使ってる方のもう1本の剣だ。なんでだろう？　ん？　よく見たらアリサさんの戦ってる相手ってラッドさんじゃん。

……なるほど、前にアリサさんが言ってたけど、確かにラッドさんってかなり強い感じだ。今軽く見てる感じだと、力に頼って戦うタイプというより巧さで戦うタイプかな。密接した時とかに時折、肘とか足とかを出してくるし、体当たりも頭突きもしてくる。

んー、なんとなくアリサさんと戦い方が似てるような気もしなくもないね。

それにしてもこうして集中して見ててもやっぱり時々アリサさんの動きを見失うなあ……。

ふむ、周りの冒険者の人達の反応を見たところ、ちゃんと見えてる人と私みたいに見えてない人とで分かれてる感じか。見えてる人はある程度年齢のいっている人達はまあそれなりに、若手の方は極一部、かな？　……なるほど。

あ、アリサさんの方がだんだん押され始めた。

ぎりぎりでいなしたり剣やガントレットで受け流したりしてるけど、これはそのまま押し切られるのでは……あああ、危ない！

ギャギィッ！　ドゴッ！

……あれ？　お？　おおお？　アリサさんの方が跪《ひざまず》いたラッドさんの首筋に剣を当ててる……勝ったの？

えーと、えーと、確かアリサさんの剣が右腕ごと大きく弾かれて、手から剣が離れて飛んで行って……ラッドさんが左に剣を小さく振りかぶって、多分そのまま袈裟懸《けさが》けに切りつけようとしたと

思ったら……アリサさんが剣を弾かれた勢いを逆に利用して左足を小さく踏み込んで、こう、その流れのまま体をコンパクトに捻って、ラッドさんの顎先に左のショートアッパーというかスマッシュ気味のパンチを叩《たた》き込んだ、って感じだったと、思うんだけど……。

で、膝から崩れ落ちたラッドさんに向かって、腰に佩《は》いてた『フェザー』を抜いて突き付けた、と。いや、抜いたっていっても本当に抜いてはいないんだけど。怪我防止用に布巻いてるし。

「はー……負けたか」

「いやー、危なかったよー」

「まさかこの至近距離でこの威力の打撃が来るとは……してやられたな……くっ」

「まだ無理に立とうとしない方がいいよー」

なんかさっきまで激戦を繰り広げてた割には随分軽い雰囲気で会話してるね、この2人。

アリサさんは弾き飛ばされた剣を拾って戻ってくるとラッドさんに手を差し出して、肩を貸してこっちの方にやってきた。

「うーん、ラッドさんってもしかして私と同門だったりしないー？」

「ん？　確かに俺と戦い方が似てると思ったが……同門？」

「うんー、私の家、ハミルトンっていうんだけどー」

「あー……なるほど、それで同門か。そういう事ならもしかすると同門と言えなくもないけど、正確には同門ではないな」

「どういうことー？」

「俺の剣は昔、知り合いに教えてもらったんだよ。そいつが多分、アンタの所の門下だった奴なんじゃないかな。流派の名前も確かハミ……なんとかって言ってた気がする」

「なんて人ー？」

「ガブラスって奴だ。確か下級貴族の四男だとか言ってたな」

「……ちょっと覚えがないなー」

「そうなのか？」

「うんー。まあ私の一族以外に門下生もそこそこいるから、うちの剣術が使える人ってそれなりにいるからねー。そういう人に習ったって可能性もあるから、何とも言えないかなー」

「そうか。……まだ膝にきてる。あいつにはあんな技は教えてもらえなかったな」

「一応はちょっとした奥義みたいなものの一つだからねー。それに真似しようと思えば真似できちゃうし、そこまで大した技でもないよー」

「それなら教えてもらう事はできるか？」

「えー、やだー。自分で練習してよー」

「それは残念だ。仕方ない、色々試してみるとするよ」

「そうしてー」

……なんか色々突っ込みたい事があるけど、うん。やめとこ。変に藪《やぶ》をつつきたくない。

「あ、レンさんー、クロちゃんの方終わったー？」

「ええ、こっちは既に終わってます」

「クロちゃんはもうちょっとやらないのー？」
「今日はもういい」
「そっかー、じゃあ帰ろー」

とまあそんな感じで、昼はクロのスカウトの訓練、町に帰ってきてからはアリサさんとクロは闘技スペースで対人模擬戦と、２人にとっては充実した日々となったのであった。

クロのスカウト技能と報告能力もなんだかんだと1週間近く続けたお陰で、大分さまになってきた。これはそろそろ次の街に移動するとかも視野に入ってきたかな？

……ちなみに私とリリーさんはというと、特に何か強くなったという事もなく。

いや、アリサさん達２人ががっつり模擬戦やるから、その分晩ご飯の準備とかは私達の担当になりましてね？　これでリリーさんの料理スキルのレベルが上がったりすればよかったんだけどね……。とはいってもリリーさんの【料理】ってもうＬＶ４だからね！　ぶっちゃけ既にプロって名乗れるレベルなんだよ！　私？　私は既にカンストしてるよ。

……このクラン所属の魔導師は料理上手じゃないといけないとか、そんな微妙な慣例とかできたらどうしよう……？

あー、そういえば今は訓練優先で免除してるけど、クロにも料理当番回るようになるんだから、もうちょっと料理も教えないとなあ……。

と、そんな感じで過ごしつつ、実は私は私で色々実験してたりするんだけどね。いや、日課関係じゃないよ、結構真面目な奴だよ。

ゴブリンの巣を潰しまくったお陰で大量に集まったゴブリンの死体と魔石の使い道が何かないかなーと思いましてね……ちょっとこう、色々と。

あ、詳細は追い追いという事で、ひとつ。

そうそう、私にべったりだったクロだけど、なんだか急に落ち着いたのか今では自分の部屋で1人で寝るようになったんだよ。というか昼の平時でも私に纏《まと》わりつかなくなったよね。

……これまでのクロは、外出していた飼い主が帰ってくると、やたらと纏わりついてくる飼い猫みたいな感じだったっぽい。

んー、ちょっと寂しいような気もするけど、クロの成長という観点で見るならこれはこれでいい事なんだろう、多分。

…………それに、1人の時間が確保できるようになったのはありがたいからね。何者にも束縛されない自由時間……！　素晴らしい……！

ん？　何をするのかって？　ははは、言わせんなよ恥ずかしい。

ステータス表

※5巻終了時点

レン

【種族】天人族
【職業】Eランク冒険者／Aランク商人
スナイパー／スカウト／ライダー
グランドウィザード／アークエンチャンター
ビーストテイマー／ゴーレムマスター
魔法鍛冶師／料理人
【称号】探求者／狙撃手／霊獣使い
魔剣鍛冶師／刀匠
フェンリルライダー／巨人殺し
【年齢】12歳
【身体特徴】黒髪
金瞳

HP	62/62	AGI	8(+15) (+8)
MP	3800/3800	INT	800
		MGC	1000
STR	3(+15)	CHA	30(+78) (+8)
VIT	5(+17)	LUK	1
DEX	30(+55)		

【従魔】

ノルン……フェンリル　霊獣
ベル……フェンリル　魔獣

【スキル】

創造魔法……LV4
操剣魔法……LV4
魔法付与……LV10
技能付与……LV8
マルチタスク……LV6

剣術：抜刀術……LV1
狙撃……LV10
連射……LV6
騎乗……LV4
魔法効果増幅……LV3
威圧……LV2

魔法：光……LV10
魔法：闇……LV10
魔法：火……LV10
魔法：水……LV10
魔法：風……LV10
魔法：土……LV10
魔法：氷……LV10
魔法：雷……LV10
魔法：無……LV10

身体強化：魔力……LV1 使用時STR・VIT・AGI+10
結界魔法……LV5
魔力圧縮……LV4
魔力回復促進……LV10
魔力消費軽減……LV10
魔力循環……LV10

魔力操作……LV10
魔力感知……LV10
オートマタ作成……LV2
ゴーレム生成……LV10
ゴーレム制御……LV10
ゴーレム同調……LV8
魔道具作成……LV10
魔力剣作成……LV10
属性剣作成……LV10
魔剣作成……LV8
聖剣作成……LV0
調合……LV10 DEX+5
毒薬調合……LV3 DEX+1
鍛冶……LV10 STR・VIT+5
刀工……LV7 DEX+3
金属加工……LV10 DEX+5
鋼糸作成……LV10 DEX+5
革加工……LV10 DEX+5
木工……LV10 DEX+5
服飾……LV10 DEX+5
テイム……LV6
従魔同調……LV3
従魔強化……LV1
従魔の全ステータス10％上昇
ストレージ……LV —
生活魔法……LV10
鑑定……LV10
解析……LV4
隠蔽……LV8
偽装……LV8

警戒……LV10
危険察知……LV2
危険回避……LV2
探知……LV10
気配探知……LV2
忍び足……LV10
隠身……LV10 AGI+5
気配遮断……LV2
鷹の目……LV8
身体制御……LV10 DEX+5
料理……LV10 DEX+5
家事……LV10 DEX+5
礼法……LV6 CHA+3
詩歌……LV3 DEX+1
採取……LV10 DEX+5
農業……LV4 VIT+2

耐性：精神……LV10
耐性：空腹……LV6
耐性：疲労……LV9
耐性：痛覚……LV4
耐性：毒……LV5

淫乱……LV7 CHA+35
巨乳……LV4 CHA+20
魔性……LV2 CHA+20

魔法属性適正：全属性
魔法系統適正：盾・壁
成長補正：特殊

【装備】

ミスリルショートソード：魔剣・名剣……【全属性LV10】【攻撃強化LV8】【耐久強化LV8】
リザードマンウォーリアの皮鎧一式……【全属性LV10】【防御強化LV8】【耐久強化LV8】
ミスリルの手甲・脚甲……【全属性LV10】【防御強化LV8】【耐久強化LV8】【重量軽減LV8】【敏捷強化LV8】【疲労軽減LV8】
ミスリルの服……【全属性LV10】【防御強化LV8】【耐久強化LV8】【重量軽減LV8】
えっちな下着……【全属性LV10】【防御強化LV8】【耐久強化LV8】【重量軽減LV8】【魅力強化LV8】
ミスリルマント……【全属性LV10】【防御強化LV8】【耐久強化LV8】【重量軽減LV8】【隠身LV8】【隠蔽LV8】
伊達眼鏡……【隠蔽LV8】【偽装LV8】【気配遮断LV2】
魔剣……多数

ノルン

【種族】フェンリル　【職業】霊獣
【称号】レンの保護者　【年齢】54歳
【身体特徴】灰毛　黒目

HP	2150/2150	AGI	85(+40)
MP	1400/1400	INT	65
		MGC	80
STR	60(+49)	CHA	18(+1)
VIT	55(+34)	LUK	15
DEX	35(+4)		

【スキル】

守護者	LV1 主人の危険時に全ステータス10%上昇	アイテムボックス	LV5
		必殺	LV8 DEX+4
		警戒	LV10
咆哮	LV5	危険察知	LV8
威圧	LV6	危険回避	LV4
憤怒	LV3 STR+15	探知	LV10
		気配探知	LV7
魔法：水	LV5	忍び足	LV10
魔法：風	LV10	隠身	LV10 AGI+5
魔法：氷	LV8	気配遮断	LV5 AGI+2
魔法：雷	LV8	奇襲	LV6 AGI+3
		剛力	LV2 STR+4
身体強化：魔力	LV3 使用時 STR・VIT・AGI+30	忍耐	LV2 VIT+4
		俊足	LV10 AGI+20
魔法剣	LV5		
魔法圧縮	LV3	耐性：毒	LV5
魔力回復促進	LV4		
魔力消費軽減	LV5	統率	LV3 CHA+1
魔力循環	LV6		
魔力操作	LV7	魔法属性適正：	
魔力感知	LV8	水・風・氷・雷	

ベル

【種族】フェンリル　【職業】魔獣
【称号】ノルンの娘　【年齢】4歳
【身体特徴】白毛　黒目

HP	300/300	AGI	26(+15)
MP	280/280	INT	23
		MGC	30
STR	21	CHA	12
VIT	23	LUK	10
DEX	18		

【スキル】

		アイテムボックス	LV1
魔法：水	LV4	警戒	LV7
魔法：風	LV4	探知	LV7
魔法：雷	LV5	忍び足	LV10
		隠身	LV6 AGI+3
魔力圧縮	LV1	奇襲	LV4 AGI+2
魔力回復促進	LV2	俊足	LV5 AGI+10
魔力消費軽減	LV3		
魔力循環	LV4	耐性：毒	LV5
魔力操作	LV5		
魔力感知	LV6	魔法属性適正：	
		水・風・氷・雷	

リリー・アルムフェルト

【種族】人族
【職業】Dランク冒険者
　　　　アークウィザード
【年齢】15歳
【身体特徴】明るい金髪　青目

HP	85/85
MP	200/200
STR	5
VIT	8
DEX	10(+4)
AGI	8
INT	25
MGC	37
CHA	12(+2)
LUK	15

【スキル】
魔法：光……LV4
魔法：闇……LV4
魔法：水……LV4
魔法：風……LV5
魔法：無……LV6

回復魔法……LV3
結界魔法……LV4
魔法剣……LV4
強化魔法……LV4
魔力回復促進……LV2
魔力消費軽減……LV4

魔力循環……LV5
魔力操作……LV5
魔力感知……LV8

生活魔法……LV4
料理……LV4 DEX+2
家事……LV4 DEX+2
礼法……LV3 CHA+1
侍従……LV2 CHA+1

魔法属性適正：
光・闇・水・風・無

【装備】
魔法の指輪……【全属性強化LV5】
【魔力消費軽減LV5】【魔力回復促進LV5】
【魔力操作LV5】【魔法効果増幅LV3】

ミスリルローブ……【全属性LV5】【防御強化LV5】
【耐久強化LV5】【重量軽減LV5】

サレナ・アルムフェルト

【種族】人族
【職業】魔導師
冒険者ギルド職員／アークウィザード
【年齢】17歳　【身体特徴】金髪　深い青目

HP	100/100	AGI	10
MP	300/300	INT	35
		MGC	40
STR	6	CHA	15(+3)
VIT	10	LUK	12
DEX	11(+2)		

【スキル】
魔法：光……LV5
魔法：闇……LV5
魔法：火……LV3
魔法：土……LV3
魔法：氷……LV3
魔法：雷……LV5
魔法：無……LV3

魔法剣……LV4
弱化魔法……LV4
魔力回復促進…LV2
魔力消費軽減…LV4
魔力循環……LV5
魔力操作……LV5
魔力感知……LV6

生活魔法……LV5
家事……LV4　DEX+2
礼法……LV5　CHA+2
侍従……LV3　CHA+1

メシマズ……LV10

魔法属性適正：光・闇・火・土・雷・氷

アリサ・ハミルトン

※イラストはウェイトレス時のもの。

【種族】人族
【職業】Dランク冒険者／フェンサー
【年齢】15歳　【身体特徴】青髪　濃い青目

HP	165/165	AGI	19(+19)(+5)
MP	30/30	INT	15
		MGC	8
STR	8(+0)(+5)	CHA	11(+3)
VIT	10	LUK	11
DEX	12(+4)		

【スキル】

ハミルトン流戦闘術……LV6
剣術：片手剣……LV5
剣術：細剣……LV5
剣術：二刀流……LV2
短刀術……LV3
小盾術……LV4
体術……LV3
闘気……LV0
練気……LV1

カウンター……LV5
受け流し……LV5

生活魔法……LV3
必殺……LV3 DEX+2
警戒……LV5
危険察知……LV2
見切り……LV5
探知……LV4
気配探知……LV2
忍び足……LV5
隠身……LV4 AGI+2
気配遮断……LV2 AGI+1
俊足……LV8 AGI+16
鷹の目……LV1
身体維持……LV1
料理……LV3 DEX+1
家事……LV2 DEX+1
礼法……LV4 CHA+2
侍従……LV3 CHA+1

【装備】

魔剣『フェザー』：ミスリル製・名剣……【風属性LV5】【無属性LV5】【攻撃強化LV5】【耐久強化LV5】【筋力強化LV5】【敏捷強化LV5】【ウェポンスキル：加速】
魔鋼の細剣：魔鋼製・高品質……【無属性LV3】
ミスリルガントレット……【無属性LV5】【攻撃強化LV5】【防御強化LV5】【耐久強化LV5】

クロ

【種族】黒猫族
【職業】Fランク冒険者／スカウト／レンジャー
【年齢】11歳　【身体特徴】黒髪　黒目

HP	25/25	AGI	13(+7)
MP	15/15	INT	7
		MGC	8
STR	4	CHA	8
VIT	5	LUK	19
DEX	8(+2)		

【スキル】

短刀術	LV3	
体術	LV2	
投擲術	LV1	
強撃	LV2	
必殺	LV2	DEX+1
警戒	LV4	
危険察知	LV2	
見切り	LV1	
探知	LV3	
気配探知	LV2	
忍び足	LV6	
隠身	LV4	AGI+2
気配遮断	LV2	AGI+1
俊足	LV2	AGI+4
料理	LV1	DEX+0
家事	LV2	DEX+1

【装備】

玉鋼のファイティングナイフ ×3
スリング
オーク革の革鎧
防護の指輪……【プロテクションシールド LV3】

Kラノベブックス

よくわからないけれど異世界《いせかい》に転生《てんせい》していたようです5

あし

2024年1月31日第1刷発行

発行者	森田浩章
発行所	株式会社 講談社 〒112-8001　東京都文京区音羽2-12-21
電　話	出版　(03)5395-3715 販売　(03)5395-3605 業務　(03)5395-3603
デザイン	浜崎正隆（浜デ）
本文データ制作	講談社デジタル製作
印刷所	株式会社ＫＰＳプロダクツ
製本所	株式会社フォーネット社

KODANSHA

ISBN978-4-06-534739-3　N.D.C.913　274p　19cm
定価はカバーに表示してあります

ファンレター、
作品のご感想を
お待ちしています。

あて先　〒112-8001　東京都文京区音羽2-12-21
(株) 講談社　ライトノベル出版部 気付
「あし先生」係
「カオミン先生」係

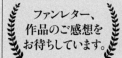